ハヤカワ文庫 SF

〈SF2182〉

宇宙英雄ローダン・シリーズ〈569〉

マークス対テラ

クルト・マール

増田久美子訳

JN210404

早川書房

8182

日本語版翻訳権独占
早　川　書　房

©2018 Hayakawa Publishing, Inc.

PERRY RHODAN
EINER GEGEN TERRA
TRIUMPH DER PSIONIKER
by
Kurt Mahr

Copyright ©1983 by
Pabel-Moewig Verlag KG

Translated by
Kumiko Masuda
First published 2018 in Japan by
HAYAKAWA PUBLISHING, INC.
This book is published in Japan by
arrangement with
PABEL-MOEWIG VERLAG KG
through JAPAN UNI AGENCY, INC., TOKYO.

目次

マークス対テラ

登場人物

レジナルド・ブル（ブリー）…………ペリー・ローダンの代行
ジュリアン・ティフラー…………………自由テラナー連盟（ＬＦＴ）首席テラナー
ガルブレイス・デイトン…………………宇宙ハンザの保安部チーフ
ジェフリー・アベル・ワリンジャー…………同科学部チーフ
エルンスト・エラート……………………テレテンポラリアー
ラクエル・ヴァータニアン……………ＬＦＴの国家エネルギー査察官
グニール・ブリンダーソン……………《アルセール》艇長。プロスペクター
ジャルア・ハイスタンギア
フリーヤ・アスゲイルソン…………同乗員。操縦士
リンダ・ゾンター
ブラナー・ニングス……………………プシオニカー
スペック…………………………………多目的ロボット
グレク３３６……………………………マークス。原理主義者

マークス対テラ

クルト・マール

1

カアフ・シヴァーセンは大きな窓から、パタゴニアの大草原の荒涼とした風景を不機嫌に見ていた。黄緑色の草原が大きな吸引ステーションの建物群から南東方向にひろがり、禿《は》げ山が連なるところまでつづいている。その山々の最高峰セロ・プンデュドの雨風に浸食された頂きが、千メートル上に見えた。吸引ステーションの高さ三百メートルのドーム屋根は、草地がどこまでも広がる土地に陰気で不吉な影を落としていた。

きょうは十月二十日だ、と、カアフは思った。夏は近い。この夏が過ぎれば家に帰れる。

視線は左にうつった。数キロメートルはなれたところに、ちいさな町ラマンチュリアの廃墟が見える。四百年前に放棄された町だ。南パタゴニアのきびしい気候をなんらかの処置でコントロールし緩和することを、役所は考えなかったらしい。寒暖差のはげしいこの土地の気候のせいで、ラマンチュリアの住民はしかたなく、住む場所を探すために雲ひとつない空の下をはなれていったのだ。

このあたりは非常に寂しい地域だった。汎アメリカ・エディソン社という企業がハイパーコン吸引ステーション用の建設地を探していたとき、すぐにここを思い浮かべたほどだ。二万ヘクタールの土地をわずかな金額で買いとり、子会社である南パタゴニア・エディソン社を設立した。もう八十年以上前から操業している。吸引ステーションは、ハイパー空間からエネルギーを吸いとり、それを商工業に利用可能なかたちに変えて世界じゅうの客に売るのだ。ハイパーコン吸引原理は、宇宙船のエネルギー供給と同じだ。

しかし、宇宙船はなにも考えずに吸引用漏斗《ろうと》を宇宙空間に展開できるが、地上に置かれた施設の場合、まず宇宙空間と同じ条件を人工的につくらなければならない。卵を半分にしたようなかたちの背の高いドーム内では、きびしい管理下でほぼ完全に近い真空状態がたもたれている。壁は一等級の丈夫な高重合体金属でできていた。この真空空間にハイパートロップ漏斗をくりだすのだ。ハイパートロップは一日に一時間半しか使えない。装置は九十分間の吸引によって、南パタゴニア・エディソン社が供給過剰で値段のさがる心配をせずに販売できる量のエネルギーをつくる。

カアフ・シヴァーセンはこの施設の主任技術者だ。二十名ほどのスタッフと同様に、この殺伐とした場所で二年間すごす契約を結んでいる。もらう給料は法外だが、契約期間が終わったあともまだ充分に健康な状態をたもてるだろうか、貯めた金でなにかをはじめることができるだろうかと、ときどき考える。もちろん、毎月五日間の有給休暇はもらえるが、一年ほど前からこの特権を使わなくなっていた。五日間、文明世界の風に当たるのは楽しいが、南パタゴニアへ帰るときになると、毎回、脱走したくなるのだ。そうしなくてすむように、一年以上休暇をとっていなかった。

吸引ステーションの隣人は、年老いてひねくれた羊飼いのペペ・アギレただひとり。ペペは金を積まれても、うまいことをいわれても、農場を手ばなさない。そのつつましい住居は十キロメートル先の山の方向にあった。

それはカアフがいる窓からは、黄緑色の荒野のまんなかのちいさな白い点にしか見えない。高原にあばたのように散らばる褐色の汚いしみは、ペペの羊の群れだ。

「なんだ?」カアフは大きな声ではっきり応答した。インターカムが鳴ったのだ。

ヴィデオ・スクリーンが明るくなり、ラナイ・ルロの顔が浮かびあがった。いつものつくり笑いを浮かべている。

「国家エネルギー査察官がこちらに向かっています」

「そんな男は悪魔にさらわれてしまえ」カアフはうなった。

本気でそう思っているわけではない。この人里はなれた南パタゴニアでは、ふた言めには悪魔が引用される。神も見はなしたような生活に飽き飽きしてくると、そうなるのだ。だが実際は、エネルギー査察官の訪問は日常的な退屈さの一時中断を意味していた。

「男ではなく、女性です」ラナイは訂正した。

「え、女か？」カアフは声を弾《はず》ませた。期待していたよりもいい話だ。「名前は？」

「ラクエル・ヴァータニアン」

カアフはかぶりを振った。

「聞いたことがない」

「情報を手に入れました」一年半のあいだにラナイ・ルロは、カアフが不気味に思うほど仕事の腕をあげていた。「やり手だそうです」

「べつにかまわない」カアフはいった。「わたしのところはすべて順調にいっている」

＊

扉が開いたとき、カアフ・シヴァーセンはゆっくりと鷹揚《おうよう》に振りかえった……政府役人を迎える個人企業の重役にふさわしいように。しかし、跳びあがりそうになる。目を大きく見開き、口はあんぐりと開きっぱなしだ。その結果、主任技術者というよりはむしろ、精神に異常をきたした者のようだった。

「おお」カアフは、最初のショックから回復して、そのひと言だけいう。それ以上は思いつかなかった。

女訪問者はからかうようにほほえんで、

「なんなの？　バスト百四センチの女性をはじめて見たのかしら？」

まだすこしぼんやりしていたが、カアフ・シヴァーセンは椅子から立ちあがった。

「ラクエル・ヴァータニアンとお見うけしましたが？」

「そのとおりよ。あなたはここの主任技術者？　カアフ……カアフ……」女は制服のポケットからちいさなフォリオをとりだした。「シヴァーセンね？」

カアフは黙ってうなずいた。何カ月も禁欲生活をなかば強いられている身にとって、ラクエル・ヴァータニアンは目の毒だった。背の高さは百七十センチメートルくらいだろう。柔らかいウェーヴの黒い髪が肩までのびている。大きな表情豊かな目だ。〝もの問いたげ〟とでも呼ぼうか。美しいかたちの鼻はふっくらとした唇に合っている。羽毛入りクッションのようで、エキゾティックでセクシーな唇だった。カラフルで伸縮性のある革の衣服はよく見るものだが、意図的に二サイズちいさいのを着ているのではないかと勘ぐりたくなる。

「ぐるりとまわってみましょうか？　そうすればほかのところも見えるわよ」ラクエルは挑発するようにたずねた。

カアフはまるで濡れた犬が身震いするようにかぶりを振った。

「いえ、失礼しました。そういう意味では……わたしはただ……」

「ここはひどく寂しいところでしょう?」ラクエルは口をはさんだ。

「そうです」カアフはため息をついた。そこまで理解してもらえているとわかって、ほっとしたのだ。

「仕事に没頭するのが気分転換にはいちばんよ」ラクエルはいった。「記録したものをいっしょに見る?」

カアフが窓に目をやると、このあいだに暗くなっていた。クロノメーターを見て、たずねた。

「食事はすませましたか?」

「いいえ。あなたが招待してくださるだろうと思って」

「よろこんで」カアフは感激してなにも考えずにいった。「ここはたしかに人里はなれた場所ですが、さほど遠くないコモドーロ・リヴァダヴィアに……」

「さほど遠くない?」ラクエルはあきれたようにいった。「ここから三百キロメートルよ」

「やはり遠いですか?」カアフは混乱した。

ラクエルは主任技術者に近づいて、片手をその腕に置いた。高級香水のにおいがする。なにげなくフェロモン効果をあたえる香りだ。カアフの脈拍は一分間で十五回もさらに速く打った。

「ご心配なく、カアフ」ラクエルはやさしい声でいった。「わたしのために散財してもむだよ。いまは結婚契約を結んだ男が三人いるから、もういいの。ここの食堂で充分だわ。仕事中だから贅沢はいわないわ」

カアフはごくりと唾《つば》をのんだ。

「三人も？」かれはたずねた。「そんなことができるんですか？　つまり、法律で認められていると？」

＊

二時間後、ふたりは仕事をしていた。午後九時を過ぎていた。ハイパートロップは九時半に作動を開始することになっている。

エネルギー査察官の仕事は、エネルギー吸引作業を請け負う会社を営利的な観点で見ること、ならびに安全操業の監視である。ハイパーコン吸引ステーションの設備にはきびしい技術規制が適用される。というのは、ここで二十数ギガワットのエネルギーを操作するからだ。吸引ステーション稼働のさいに深刻な事故が起こったことはまだないものの、ハイパートロップの誤作動には中型核爆弾ほどのインパクトがあり、カタストロフィを引き起こすことは全関係者が知っている。

自由テラナー連盟政府はそのほかに、役所言葉で〝エネルギー運び屋〟……運ぶのではなく、生産しているのだが……と呼ばれる吸引事業者がひそかに価格をつりあげたり、協定価格を破ったりする申しあわせをしていないことも確認したかった。それぞれの事業者には、ゆるやかな枠のなかだが、下まわることも上まわることも許されない分担額が割りあてられている。すべての指示や規定を守るようにすることがエネルギー査察官の仕事なのだ。その訪問は基本的に事前通告から非常に短い期間でおこなわれるため、規則を破った者が違反をもみ消すチャンスはない。

ラクエル・ヴァータニアンは書類と記録の検閲を希望し、その結果に満足した。南パタゴニア・エディソン社は理想的な経営をしている企業である。彼女は施設の中央コンピュータの記憶バンクにその旨を入力した。

「わたしはまだ稼働準備中のハイパートロップを見たことがないの」ラクエルは査察を終えてから、いった。「見せてもらってもかまわないかしら？」

カアフ・シヴァーセンにとっては、いっしょに散歩しないかと訊かれたのも同然だった。これで、もうしばらくこの魅力的な女のそばにいられる。気にいられようなどと思ってはいないが、そばにいるだけで、孤独な男の心には仙薬のように効いたのだ。

「まったくかまいません」うれしそうに答えた。「監視室はすぐ隣りです」

ハイパートロップの稼働準備は、そもそも非常に複雑な工程だ。準備のあいだ、ハイパートロップは異連続体いわば平行宇宙に、エネルギー性のセンサーを送りだす。吸引の対象となるのは、もともとの宇宙よりもエネルギー的に上位にある……それはとりもなおさず、総合エントロピー量がすくないことを意味する……宇宙空間だけだ。ハイパートロップが効率的に吸引できる連続体を見つけるには、平均で五・三回の〝試掘〟が必要になる。これらのプロセスは複雑に見えるかもしれないが、ハイパーコン原理が導入された数百年前からは自動化されていた。スタートボタンを押して、気が向けば、ハイパートロップの動きをオシログラフで監督するくらいだ。

カアフはオシログラフのスイッチを入れて、同時にスタートボタンを押した。大型オシログラフ・スクリーンに光るラインが一本あらわれる。まずは水平にはしるが、ハイパートロップが稼働をはじめてしばらくすると、右あがりになりはじめた。

八分後、最初の試掘の成果が出た。下向きのマイナスの波だ。ハイパートロップがエネルギー的に下位の連続体に当たったということ。それから四分が経過して、グラフに急に変化があらわれた。すこし上昇して、たしかにプラスの方向をしめす。しかし、とりたてていうほど基本線の位置からははなれていない。

カアフ・シヴァーセンはすでに二分前くらいから、光るラインが波形になりはじめたことに気づいた。なんということだ、装置がよりにもよっていま、わたしをからかおうとしているのではないだろうな？　見ると、ラクエルも不規則性に気づいたようだ。

「どうなってるの？」不審げにたずね、ますますはっきりしてきた波形を指さす。

「わかりません」カアフはいった。

時間軸を切りかえ、同時に縦軸の目盛りを大きくした。すると、波形の細かい部分が明らかになった。二種類のインパルスがとても規則的にあらわれている。ひとつのインパルスは十六マイクロ秒間隔で次々と生じており、その前後にそれぞれ八百五十ナノ秒はなれて、もう一種類のインパルスがある。

「ふむ」カアフはつぶやいて、耳のうしろを掻いた。「このようなものは見たことがない……」

インターカムが突きぬけるような音で鳴った。ラナイ・ルロだ。興奮している。

「ペペがどうしても話がしたいといって、ここにきています。非常にとりみだしていて、なにかを見たと……」

「すぐに行く」カアフはそういうと、接続を切った。

「ペペとはだれなの？」ラクエルはたずねた。

「年とった羊飼いで、われわれのたったひとりの隣人です」

カアフは歩きだした。ラクエルはオシログラフを指さした。

「これはどうするの？」

カアフは両手でどうでもいいというようなしぐさをした。

「それほど重要じゃないでしょう」気にしていないようだ。「もし、それが本当に重大な不具合ならば、ハイパートロップは自動的に運転を停止します」

＊

「直立して飛ぶ潜水艦だと？」カアフ・シヴァーセンは信じられず、くりかえした。

「そうだよ」ペペ・アギレははっきりといった。年は百八十歳くらい、しわくちゃの顔をした小柄な老人で、もじゃもじゃの白髪、同じように白い口髭《くちひげ》、鋭い黒い目をしている。両手で身振りをしながら、「そう見えた。高さは四メートルか五メートル。音もなく空中を移動していた」

カアフは手招きをした。

「こっちに息を吹きかけろ、ペペ」

ペペはおとなしくしたがったが、かぶりを振って、スペイン語でいった。

「酔っぱらっちゃいない」

「それはどっちの方向へ行ったんだ、ペペ？」カアフはたずねた。

「山のほうからきて、半分の卵のほうに行った」

「あとを追ったのか？」

「そうしようと思ったが、グライダーが動く前に消えていた」ペペは吐きすてるようにいって、「ひどいぽんこつだ」と、スペイン語でつぶやいた。どうやら自分のグライダーのことをいっているらしい。

カアフはラナイのほうを向いた。

「いいえ」ラナイはカアフが質問する前に答えた。「周辺監視装置はなにも異常を報告していません」

「それでもヴァーネイルに、いくつかのゾンデを送るよう伝えるんだ」カアフはいった。ラナイが連絡しているあいだ、カアフはまたペペ・アギレと話した。「どうする、ペペ？ ひと晩じゅうここにいるつもりか？」

「恐がっているように見えるのか？」老羊飼いは突然、怒りだした。「最初はたしかに驚いたよ。だが、恐くはない」

ペペはそういうと、向きを変え、昂然と頭をそらして出ていった。ラクエルはペペをほほえみながら見送った。

「頑固な人ね、違う？」

「水牛のように意固地ですよ」カアフはつぶやいた。

「ゾンデはこちらに向かっているそうです」ラナイはいった。

「ごくろう……」

このとき、警報サイレンがけたたましい音をたてた。カアフ・シヴァーセンは本能的に反応し、急に向きを変えると、監視室の方向へ走った。ラクエルも負けず劣らず敏捷《びんしょう》だった。カアフにひけをとらない。

「報告を！」カアフは走りながら叫んだ。

音声サーボがこの命令に反応し、コンピュータ音声でしゃべりはじめた。

「四回めの試掘が成功しました。吸引はスムーズにおこなわれ、第一吸引量は予定どおり。第二吸引量はゼロ」

「それはどういうことなの？」ラクエルは叫んだ。

「計画どおりに吸引しましたが、吸引エネルギーがコンヴァーター貯蔵庫に到達しませんでした」

ふたりは大急ぎで監視室に入った。サイレンはこのあいだにちいさな警告音になっていた。カアフ・シヴァーセンは脇目も振らずに猛スピードで動いた。まるで、ハイパートロップのカタストロフィの制御に全人生を捧げているかのようだ。

「避難しないと」計器の目盛りをひととおり見て、いった。「すぐに！」

「なぜ？」ラクエルはたずねた。

「ハイパートロップが充塡されたのに、吸引されたエネルギーはどこにも流れていかない。ということは、遅くとも二、三分のちには爆発する」

「それならば避難はたいした意味がないじゃない」ラクエルは抗議した。「三分でそんなに遠くへは行けないわ。ハイパートロップが充塡されたというサインはあるの？」

「いまいましいが、ありません」カアフはうなった。「それこそ、わたしがわからないことなんだ」

カアフはインターカムの呼び出しボタンを押した。しかし、ラクエルはその肩ごしに手をのばし、ボタンを押してスイッチを切った。

「ばかなことはやめて」ラクエルはしずかにいった。「ハイパートロップが爆発したら、全員どっちみち死んでしまうわ。だけど、充塡されたという証拠がないのだから、たぶん爆発しないでしょう」

「よく聞いてください。あなたはもうなにもいわないで」カアフは突然、怒りだした。「わたしにはわたしのルールがある。ハイパートロップの稼働で変則的なことがあらわれたら、ここを引きはらわなければなりません」

ラクエルはほほえみながらカアフの肩をたたいた。

「規則は大切よ。それに意味があればね。五十メガトンの爆発から逃れるためには、あなたはすくなくとも十分前に逃げていなければならないわ。そんな意味のないルールは忘れて、目の前のことに注意を向けなさいよ」

ラクエルのしずかだがきっぱりとしたイニシアティヴは、カアフの気勢を殺《そ》いだ。

「だったら、この現象はなんですか?」カアフは自信なさそうにたずねた。

「エネルギー吸引は実施された。でもハイパートロップは充塡されず、貯蔵庫にもエネルギーが流れない。つまり、どこかに漏れがあるのよ、わかった？　それを探して」

カアフは素直にしたがった。なんという女だろう！　あのような肉体美に優秀な頭脳がかくれているなんて……そう考えて、いやなことを思いだした。年度末に全従業員から〝今年のマッチョ賞〟をもらったのだ。

ハイパートロップ出入口で最初の計測をする前に、またインターカムが鳴った。こんどはカアフの代行、ヴァーネイル・ヘンサンだ。非常に興奮している。重要な報告があるらしい。

「見つけました！」ヴァーネイルは吐きだすようにいった。

「なにを？」カアフはたずねた。

「ペペが見たやつを」どうやらヴァーネイルは細かい情報をラナイから仕入れたようだ。

「ここから二キロメートルもはなれていない窪地にかくれていたんです。それをわたしが……なんてことだ、動きだした！」

「捕まえろ！」カアフは叫んだ。

ヴァーネイルはせわしく手を振っている。その視線は、カアフの受信機からは見えない一スクリーンに向けられていた。

「もう遅すぎる」ヴァーネイルはうめいた。落胆が顔にあらわれている。「姿を消しました！」

かたく乾いた音がして、ちいさな建物が揺れた。カアフは驚いて目をあげた。

「音速の壁か？」

ヴァーネイルはうなずいた。

「加速したのです。驚くにはあたりません。くそ、逃がしてしまった」

「見て！」ラクエルが興奮して叫んだ。「あなたのハイパートロップはまた問題なく動きだしたようよ」

2

グレク336は成果に満足していた。

バッテリーをぎりぎりまで充塡した。うっかり放電させないため、慎重に行動しなければならない。人里はなれた場所にぽつんとある吸引ステーションから抜きとったエネルギーで、すくなくとも……この惑星に住む生物のカレンダーによれば……八週間はもつだろう。テラナーあるいは〝人間〟と自称する者たちは、七日を一週間と呼ぶそうだ。

こんなに大量のストックをずっと引きずって移動はできない。エネルギー貯蔵庫の設置はあらかじめ考えてあった。高速で西に移動する。海をめざして……以前に一度、はるか北の海では厄介なものと関わりを持ってしまったが。

感覚ブロックはフル回転していた。ふつうの構造を持つ有機生物と違って、より多くの感覚を自由に使えるのだ。グレク336はハイブリッドだった。つまり、通常および合成の有機部分および、技術でつくられた非有機部分との集合体なのだ。探知機はかれの場合、知覚器官だった。それによると、テラナーは追ってきたが、とっくにこちらの足取りを見失ったらしい。地上五メートルというわずかな高度を移動し、速度は時速千キロメートルにまで落としていたからだ。

やらなければならないことがまだふたつあった。それがすめば、惑星年でほぼ半年間はエネルギー備蓄を自由に使えて、本来の使命に集中できる。肉体を持つ超越的存在、ヴィシュナとの合意により追求する使命だ。

まわりを見まわして確認した。テラナーはもっとも高いエネルギー供給能力を持つステーションを、よりにもよってこの人里はなれた場所に建設したのだ。これ以上に運のいいことはないだろう。グレク336は人間から見れば特異で、注目を引く。高さ四メートルのシリンダーをはじめて見て、なにも知らない者はロボットだと思うだろうが、その数は急速に減少する。やがてあちこちで注視の対象となり、テラナーにとって不快で危険な事件と関連づけられるようになった。

ドーム宣教団に行ったときもそうだ。そこではひとりの男が死者の霊を呼びだそうとしていた。霊、あるいは肉体なき精神という言葉を聞いただけで、原理主義マークスはパニックにおちいった。はるか未来のあるときに影マークスたちから容赦なく追跡され、最後の瞬間に運命の不思議な気まぐれで逃れられたのだ。〝影マークス〟とは肉体を捨てたマークスのことで、肉体を持つ同胞を憎悪している。

現実に意識をもどした。コースをゆるやかに上昇させ、西にそびえる山脈をこえる。

ドーム宣教団でパニックにおちいってとった行動は間違いだった。もっと時間をかけていたら、あの宣教師が本当は嘘つきで、霊を呼びよせる能力など持たないことがわかっただろう。しかし、おかした間違いを償うことはできない。ドームを破壊し、そのさいに目撃されていた。人間の言葉を理解し、さまざまな係員がかわす通信会話を盗聴できたので、自分が追われる身であることを知った。

この夜も見られていた。一度は吸引ステーションの近くで暮らす老人から。二度めはかくれ場の上を浮遊していたポジトロン・ゾンデから。しかし、それがどうだというのだ？　自分が出せる速度をだれも知らない。テラナーの尺度でいえば毎時四千五百キロメートルが最高速度だ。まだこの人里はなれた場所で捜索がおこなわれているあいだに、はるか西の海のまんなかで第二の襲撃ができるだろう。

もちろん、回数が多くなれば、それだけリスクも増大する。だから、数日ごとにそのときの必要量をカバーする努力をするのでなく、大量のエネルギーを貯蔵することを決心したのだ。テラナーの警戒心が増大すればするほど、グレク336の経験は豊かになっていた。たとえばこの晩は、ザーチ吸引機の受容力で思っていたよりもはるかに遠くまで手をのばせることがわかった。ステーションから二キロメートルはなれたところでかくれ場を探し、吸引機を作動させたのだ。抜きとるエネルギー流の強さから計算すると、二倍の距離があっても同じことができるだろう。

このようにしてマークスはそのつど学習したが、テラナーも同じように学習する。対決は知性と知性の戦いとなる。望むところだ。競争を上首尾に切りぬけられるという理性的な見通しがあるかぎり、挑戦するのは好きだった。結局のところ、人間を敵とみなしてはいないのだ。そもそもの目的は肉体なき精神化の志向を阻止することだった。物質を持たない意識としての存在は知性体が望む最低のものだということを、テラナーにはっきり教えなければならない。

＊

グニール・ブリンダーソンは巨漢だった。二メートル十センチの背の高さで、肩幅がひろく、ふつうの幅のハッチではななめにしか通れない。グレイがかったブロンドの髪は大きな頭の上にもつれたようになっていた。淡い青色の目は好奇心に満ちて、ときどきもの思いにふけるようなようすを見せる。手は非常に大きく、かつてはスリムな女の腰のくびれを片手でつかめたほどだ。

潜水艇で海底を探り、商業的価値のある鉱物を採取することで生活をまかなっている。原子核合成の時代に、こんなもので稼げるとはだれも思っていないだろう。たしかに大洋鉱床の大規模な商業的活用はずっと前からもうおこなわれていない。しかし、専門技術を持つプロスペクター個人がごくかぎられた場所に特化すれば、まだ利益をあげることができた。グニールは希土類や、オスミウム、イリジウム、プラチナといった重金属に目をつけ、金持ちと呼ばれるほどではなかったが、豊かで快適な生活を送れていた。

その日……十月二十一日も、タスマニアのポート・ホバートの南東、水深四千メートル地点にもぐることにした。信頼できる操縦士のジャルア・ハイスタンギアは海嶺の連なりをこえて、それにつづく海底谷に入っていこうとしている。探知機、走査機、旧型ソナーなどの航法補助装置を監視するフリーヤ・アスゲイルソンは、いにしえの乙女ブリュンヒルデのように勇ましい雰囲気の若い女だ。

《アルセール》は四十五度の角度でもぐっていった。かなりの潜水速度が出るので、十分で海底谷の底につくだろう。グニールは水圧と航行状態をあらわす計器をざっと見た。どれも状態は最高だった。

「とめて!」フリーヤが突然、叫んだ。

《アルセール》内では乗員の息がよく合っていた。ジャルアはすぐに反応し、艇を水平状態にして、エンジンをニュートラルに切りかえた。《アルセール》は前進を中断し、南太平洋の暗闇の海底を動かずに浮遊する。

「どうした?」グニールは立ちあがった。

「下になにかいるわ」フリーヤは探知映像を指さした。

そこには強く光るリフレックスが表示されていた。低速で海底を移動している。

「われわれの競争相手か?」ジャルアは不審げにたずねた。

「ちいさすぎる」グニールはかぶりを振って答えた。「せいぜい五メートルくらいしかない」

リフレックスは動かなくなった。

「呼びかけてみたらどうだ?」グニールが要求した。

フリーヤはボタンを押して標準コールを発信した。海底でのコミュニケーションは通常はこれではじまる。コールは自動的に十回くりかえされた。しかし、受信機は沈黙したままだ。エネルギー放射を測量する古く原始的な装置には平坦な線がしめされた。

これは……グニールは言葉に詰まった。しかし、そこに突然ピークがあらわれ、すぐにまた消えた。グニールは時刻設定つまみをまわした。さらに多くのピークが見えるようになり、それがディスプレイの上を横に行ったりきたりして、正しい時間軸になる。

「フリーヤ、どこからそれがくるか調べてくれ」

そのあいだに、映像が記録されるよう、録画装置のスイッチを入れた。ピークは十六マイクロ秒の間隔で連続してあらわれる。大きなピークの左右に、わずか一マイクロ秒差で見えるちいさなものもある。

「下の物体からあきらかにくるわ」フリーヤは報告した。方位測定アンテナを最大出力に調整し、ひとさし指で探知スクリーンの、謎のリフレックスが光っているところをたたいている。

　グニール・ブリンダーソンは勇敢な男だが、長年の経験で、しかるべき慎重さを会得《えとく》していた。海底は危険な場所だ。陸では秩序がたもたれ、犯罪発生率は最低限までさがっているが、ここ海底ではべつの法則が適用される。絶滅危惧種の生物を追いまわす漁師、よりによって海底自然公園のまんなかに週末用の別荘を建てようとするもの好き、あるいは警察に追われて海の奥深くへこっそりと姿を消すならず者たち……みなこの海底に集まっているのだ。未知の相手には合言葉で話しかけるのが通例で、返事があれば、それでいい。なければ、それなりの理由がある。避けるにこしたことはない。

「ポート・ホバートを呼びだしてくれ」グニールはたのんだ。

　フリーヤはスイッチ操作をした。

「こちらポート・ホバート海洋パトロール」あまり愛想のよくない声がした。

　グニールは見たことを話した。

「さっさと逃げるんだ」ポート・ホバートの当直員はいった。「それがなんだって、かまうものか。そちらにはロボット艇を派遣する」

「了解」グニールは連絡を終えて、フリーヤとジャルアのほうに目をやった。「いまの言葉が聞こえただろう。当面こんなところをうろつく理由はないようだ。探す場所はまだある、そうだろう？」

「ここから三百キロメートル南だ」ジャルアが確認した。

グニールはうなずいた。

「コースをセットしてくれ、下士官」

＊

「リヨンのときとまったく同じですね」ガルブレイス・デイトンは考えこんでいる。

「違いがある」レジナルド・ブルが補足した。どうやら機嫌が悪いらしい。「こんどはかなり大量にエネルギーが抜きとられた」

「十五ギガワット時です」ジェフリー・アベル・ワリンジャーが認めた。

「ほかになにがわかっているのだ？」

「女専門家がこちらに向かっています」ガルブレイス・デイトンはいった。「彼女がわれわれに細かいことをすべて……」

「女専門家？」ブルは驚いて口をはさんだ。

「ラクエル・ヴァータニアン、国家エネルギー査察官です。偶然その場にいたので、細かいところまですべて知っています。状況からすると……南パタゴニア・エディソン社から数キロメートルはなれたところに住む羊飼いが、あるものを発見しました。直立して浮遊する小型潜水艦のようだったそうです。事件が終わる直前に、吸引ステーションの監視ゾンデもそれを見ています」

レジナルド・ブルはうなずいた。

「ペブルビーチの怪物だ」

ペブルビーチはカリフォルニアの沿岸の町である。すこし前にそこの海底にドーム宣教団が居を構えていた。シャンバラという宣教師が死者の魂を呼びだすというのだが、ある晩、聴衆のなかに奇妙な客が混じっていた。すこし不規則な面を持つ金属製で、長さ四メートル、厚みは最大で一メートル。だれもがロボットだと思っただろう……もし、その動きがロボットのようだったら。

それは突然、前方に突進し、攻撃に出た。唖然としているシャンバラをわずか四、五センチメートルかすめて、ドームを突き破って穴をあけたのだ。保安員がドームをすぐに浮上させ、海面に運んだので、それ以上の被害はなかったが、未知のものは跡形もなく消えていた。その姿を見たという目撃者情報が十数件以上よせられている。

「ま、いいでしょう。リヨンとラマンチュリアでエネルギーを吸引した者も、ペブルビーチの怪物も、すべて同じものだとして」ガルブレイス・デイトンは提案した。「そうすると、なにがわかりますか？」

「まずは、そのものの移動方法が不明であること」レジナルド・ブルは答えた。「おとといはフランス、きのうはカリフォルニア、きょうはパタゴニア。あちこちひろく旅するようだ。そう思わないか？」

ブザー音がした。ガルブレイス・デイトンは立ちあがった。

「われらの女専門家がきました」

扉が開いて、ラクエル・ヴァータニアンが入ってきた。レジナルド・ブルは思わず席から立ちあがった。

「なんと……」押し殺したような声でいったが、全員に聞こえていた。

＊

「手もとにあるもので、たったひとつ計測可能だったのは」ラクエルはいった。「この特徴ある一連のインパルスです」

３Ｄ映像が薄暗い部屋のまんなかにあらわれた。ラマンチュリアにある吸引ステーションの監視室の一部がうつっている。その大きなヴィデオ・スクリーンのまんなかにオシログラフがあった。

「高いピークを第一インパルスと名づけました」ラクエルはつづけた。発光ポインターが高い揺れの頂点で振れた。「いずれの場合も、その左右に比較的弱い第二インパルスが見えるでしょう」

「インパルスの出どころは？」デイトンはたずねた。

「わかりません」ラクエルは答えた。「例の未知物体から出ていると思われますが、たしかではありません。ただ、ハイパートロップのポジトロン制御をさまざまなやり方でためしたかぎりでは……つまり、ポジトロニクスができるすべてのことをためしてみたのですが……どうやってもこのようなインパルス波は発生しませんでした。したがって、妨害は外部からのものとしか考えられないという結論です」

ジェフリー・ワリンジャーはうなずいて、

「未知者はなんらかの吸引メカニズムを使って、ハイパートロップのエネルギーをとりこみ、自分自身に供給するのだろう」と、仮説をたてた。「その吸引メカニズムがポジトロン制御につながることで、この奇妙なシグナルが発生する」

「考えられますね」ラクエルは答えた。「いずれにしても、すべての大規模エネルギー施設にこのデータを送り、よく注意するよう技術者に伝えることが得策だと思います」

「さらに襲撃があると思うのか？」ワリンジャーはたずねた。

「もちろんです。未知者はどうやらエネルギーにいつも飢えているようですから。それをどうするつもりかは、わかりません。でも、最大で四メートル×一メートルの物体が、つねに十五ギガワット時のエネルギーを携帯して移動する必要があるとは考えられない。いいかえれば、未知者は膨大なエネルギー量を消費するなにかを……爆弾攻撃のようなものを計画しています。あるいは、エネルギーをストックしようとしているか。すこし前にリヨンですでに一度エネルギーを補給した疑いがあることから、わたしは後者の可能性が高いと思います。もし、この未知者が本当にエネルギー貯蔵庫をつくろうと思っているならば、たったひとつの吸引ステーションで満足すると思いますか？　二十以上の吸引ステーションがテラ全土に分散しています。未知者が貯蔵庫を満タンにするまでくりかえしステーションを襲撃しても、だれもとめられないわ」

デイトンはブルのほうを向いた。

「自由テラナー連盟に警告を出すようにいってもいいと思います」

「もちろんだ。それ以外にも……」

それから先の言葉はだれも聞くことができなかった。甲高《かんだか》い警報が部屋じゅうを満たしたのだ。大きな受信機が自動的に作動し、中年の男の顔があらわれた。

「ハンザ司令部へ緊急連絡」男はいった。「クローゼー吸引ステーションです。ハイパートロップが故障しました」

＊

開いた窓から太平洋の波が突堤にぶつかる音がする。遠くからは砕ける波の規則的な音が聞こえてくる。海洋パトロールの仕事場、ポート・ホバートは、港の横の海に突きでている砂嘴《さし》にあった。

当直の技術者は、ロボット艇のモニターシステムが送ってくる表示を注意深く見た。《アルセール》は指示どおりに遠ざかり、南にコースをとって監視領域から消えた。ポート・ホバート南東の海洋からほかの船の航行は報告されていない。この海にいるのはロボット艇と、不気味な未知のものだけだ。それは《アルセール》乗員の最後の証言によれば、海底で静止しているという。

二十キロメートルはなれたところで、ロボット艇は最初のリフレックスをとらえた。当直員側の立体映像の上に、南西から北東へ平行にはしるふたつの海嶺の連なりが見える。そのあいだに幅十五キロメートルの海底谷がのびている。もっとも深い場所で海面下四千二百メートルだ。ロボット艇は当直員の指示で急カーブを描くと、南西から谷に入っていった。問題のリフレックスがはるか北にある海嶺の連なりの麓《ふもと》にあらわれた。

艇はいつものコード信号を送ったが、応答はない。そのままの速度でリフレックスに向かって進んだ。当直員は未知のものがほとんど動いていないことに気づいた。《アルセール》を避難させてロボット艇を送ったのは慎重すぎたと、しだいに確信する。たぶん、あれはどこかの船が投げすてた金属で、まったく偶然に《アルセール》が海底の鉱石を探そうとしていたあたりに落ちたのだろう。

距離はまだ十キロメートルほどあった。当直員は赤外線投光器を作動させようとした。

未知物体のはっきりとしたかたちが見たかった。探知映像で最大寸法は推定できるが、かたちはわからない。ボタンを押した。深さ四千メートル以上の場所でいま、三本の太い線が光り、赤外線の光が海底をくまなく照らす。スクリーンにぎざぎざの帯のパターンがあらわれ、かすめていく。

やがて、画面はグレイになった。驚いた当直員の視線が探知スクリーン上をさまよった。リフレックスが消えている！　立体映像はそのままだが……これは記憶されたデータにもとづいたもので、ロボット艇の報告でつくられたものではない……モニターシステムのすべての表示はゼロになっていた。

海洋パトロールの若い技術者は、なにが起こったか理解するまでしばらくかかった。ロボット艇はもう存在しない！　最初は機械の故障を考えた。深海の強烈な水圧でつぶれてしまったのだと。しかし、これはよく考えるとおかしい。故障ならば、モニターでわかるだろう。若い技術者はモニターのデータを再生してみた。故障をしめす表示はなかった。

本当の因果関係がわかって、愕然とした。未知物体がロボット艇を破壊したのだ！　赤外線投光器が光ったので、動きだし……発見されると思ったにちがいない……反撃したわけだ。しかし、なぜモニターは未知のものの行動を記録していないのか？　もう一度モニターの映像をうつしてみたが、やはり異常は見つからない。つまり、この未知者が投入した武器は光速で効果をあらわすということ。モニターはそれをとらえるすべを知らなかった。

しばらくしずかにすわって考えた。このような場合にどう行動すべきかは指示されている。ケアンズにある地上の本部に報告しなければならない。それはわかっていた。ただ、どうやって自分の報告をまとめればいいか、なにも思い浮かばない。

結局、若い技術者はラダカムを作動させ、気が進まないまま、本部の呼び出しコードが保存されているボタンを押した。スクリーンが明るくなると、いった。

「ケアンズ、こちらポート・ホバート。奇妙なことを報告します……」

3

万事スムーズだった。テラナーが南アメリカと呼ぶ大陸をあとにして、最高速度で太平洋をわたっていった。パタゴニアから、次にエネルギーを補充しようと思う島のステーションまで、最短コースで飛ぶには南極をこえることになる。それはどうでもいいのだが、南極のひろい地域には部分的に人口密度が高い場所がある。それに、最初のストックのかくし場所が必要だった。そのためには氷が張っていない海底の場所を見つけなければならない。そこでグレク336は、南緯四十三度の延長線上を西に向かった。まわり道だが、しかたない。そのかわりにまったく人影のない海上を進んだので、衝撃波の音がしても、だれも気づかないだろう。

二時間半後にはオーストラリア大陸南東の海岸近くにいた。昼日中だった。慎重に海面下の色を調べ、ストックのかくし場所としてぴったりのところを見つけた。南オセアニアの海底谷だ。深さ四千二百メートルで、平行にはしるふたつの海嶺にはさまれている。冷たい海にもぐってすこし探すと、最初の貯蔵庫設置に適した場所が見つかった。

しかし、運が悪かった……グレク336は自分が原理主義マークスであることを思いだした。アンドロメダ公安国には〝原理主義者のように運が悪い〟という諺《ことわざ》があるのだ……作業をはじめようとしたとたん、ななめ上に潜水艇があらわれ、通信で呼びかけてきたのである。応答はせず、平和の攪《かく》乱《らん》者がみずからふたたび遠ざかってくれることを望んだ。それは叶《かな》ったのだが、艇はまた出発する前にだれかと通信連絡をしたようだ。気づいたのはその拡散放射だけで、会話の内容はわからない。しかし、まったくの思い違いでなければ、潜水艇の乗員はふたつの海嶺間にある海底谷での発見物について報告していた。すぐにあらたな訪問者がやってくる可能性がある。次はもっとしぶとい相手にちがいない。

べつのかくし場所を探したほうがいいのではないかと、一瞬、考えた。しかし、結局この考えは却下した。できるかぎり早く島のステーションにたどりつくことが重要だ。べつのかくし場所を探すのに何時間もかかるかもしれない。そう考えて、まったく違う結論に達した。

道具ブロックでかたい海底に穴をふたつ掘りはじめた。あのこざかしい潜水艇があらわれるすこし前、ザーチ吸引機の作動方向を逆にして、せきとめたエネルギーの一部を放出しよう。そうすれば計画はかんたんに実現できる。海水を電気分解して酸素と水素にする。混ざると危険なため、タンクがふたつ必要だ。ひとつには水素を、もう一方には酸素を入れる。パタゴニアでためたエネルギー・ストックを、十日間自由に動くのに必要なだけのこして、電気分解するつもりだった。

直接使えるエネルギーから、潜在的なエネルギーをつくるのだ。あとでまた充塡が必要になれば、貯蔵庫にもどり、酸素と水素を燃やして水にし、燃焼のさい発生する熱をみずからにとりこんでエネルギーに変換すればいい。このプロセスは効率が悪く、ラマンチュリアで抜きとった十ギガワット時が最終的に一・五ギガワット時しかのこらないが、それがどうだというのだ？　この惑星には豊富にエネルギーがある。さらにふたつのエネルギー施設から抜きとれば、あと半年は心配しなくていい。

できた穴に原始的なバルブをそなえつけた。電気分解をはじめる。高圧縮した水素と酸素が注入口に流れこんで、バルブを通り、海底にある〝洞穴タンク〟のなかを満たしはじめた。グレク336のセンサーがタンク内の圧力上昇を慎重に記録していく。ためたエネルギーをできるだけ速く放出した。効果は数パーセントさがるが、この危険な場所に必要以上に長くとどまるよりはましだ。

潜水艇との遭遇はまったくの偶然だろう。それにより生じる問題はすべて必然的に短期間で解決するにちがいない。あの艇が実際に当局に急報したとしたら、だれかたしかめにくるはずだ。それまでには、姿を消していたい。遅くとも二日間で騒ぎはおさまり、このあたりはふたたび安全になる。グレク336は統計的にそう理解していたし、テラの深海での交通量に関しては充分に正確な概観を得ていた。だから、また偶然の出会いを心配する必要はない。

しかし、想定外のことが起こった。蓄えたエネルギーのほぼ三分の一を放出したとき、その乗りものに気づいたのだ。以前の潜水艇のように海嶺の山頂をこえてではなく、南西から海底谷に入ってきた。コースと速度を変えずに近づいてくる。まるで、どこを探せばいいか正確に知っているかのようだ。コード信号での呼びかけは今回も無視した……危険が自分から消えてくれるのをいまだに期待して。

だが、決断の時はきた。グレク336の感覚ブロックの視覚部分は、電磁スペクトルの幅ひろい領域に対し、本質的に人間の目よりも敏感なのだ。エネルギー・センサーを使う必要もない。海底に突然あふれでた光の洪水を認識した。

＊

ケルゲレン諸島の西北西に千四百キロメートル、インド洋のはるか南方にクローゼー諸島はある。人里はなれていることから、ハイパーコン吸引ステーションを設置するためにあるような辺鄙《へんぴ》な場所だった。施設は投資家の企業連合に属しており、六十年前から操業している。その六十年ではじめて、大きな事故が起こった。

クローゼー吸引ステーションの管理部門から提出されたデータが、ハンザ司令部で分析された。報告にもあるように、クローゼーのハイパートロップは故障したわけではないことがわかった。その反対で、計画どおりの稼働はけっして中断されてはいない。しかし、吸引エネルギーは予定どおりにコンヴァーターに流れこまず、途中で跡形もなく消えていた。クローゼーとラマンチュリアの出来ごとが似ていることに疑いの余地はない。ふたつの事件とも同一犯人のしわざだ。

運の悪いことに、クローゼーの場合は好奇心旺盛なエネルギー査察官がその場にいあわせなかった。ハイパートロップは自動的に吸引プロセスを開始したので、はじめにラマンチュリアで観察された独特のインパルス群があらわれたかどうかもわからない。

ふたつの〝テロ〟のあいだにはわずか二十五時間しか差がない。そこから未知者の可動性がはじきだせるとレジナルド・ブルは思っていた。それでも、すでに十月二十三日の朝には自分の計算結果をごみ箱に投げすてたくなった。その早朝、北東シベリアの荒野にあるシュチャーバコワ吸引ステーションが襲撃されたのだ。犯人の行動はラマンチュリアやクローゼー諸島のときと同じだった。

ペブルビーチの怪物が三度めの攻撃に出たのだ。

このあいだにラクエル・ヴァータニアンはエネルギー泥棒対策の特別担当官に任命されていた。

レジナルド・ブルはラクエルを呼んで、シュチャーバコワ襲撃のデータを見せた。

「この件を調べてほしい。特徴あるインパルス群についての指示はとっくに出した。そこのおえらがたが、同じようなものを見たかどうか知りたいのだ。もし見たならば、なぜすぐに対策を講じなかったのかも知りたい」

ラクエルはすぐに仕事にとりかかった。シュチャーバコワ吸引ステーションは区のエネルギー施設で、マガダン郡の区管理機関が所管で操業している。テロのときは技術者がたったひとりで勤務していた。その証言によると、ステーションを動かすのに大忙しで、ここ数日とどいた情報に気を配る時間がなかったという。つまり、独特のインパルス・パターンに関してのデータはとどいていたのに、これまで見るひまもなかったのだ。まして、適切な警報メカニズムを設置するなどだれも考えてもいない。

レジナルド・ブルは怒り狂った。しかし、宇宙ハンザも自由テラナー連盟も地方行政の問題になんの権限も持っていない。つまりペブルビーチの怪物は三回めの攻撃時も捕まらなかったのだ。それでも、シュチャーバコワの件でたったひとついいことがあった。ハイパーコン吸引ステーションが稼働しているところはどこでも、とても慎重になったということだ。自由テラナー連盟政府が提案した保安処置は即刻、実施された。もし犯人がもう一度あらわれたら、捕まえられるだろう。

しかし、その未知の犯人は待ち伏せに気づいたらしい。なんの消息もつかめないまま、二日間が過ぎた。なにが起こったのか？　もう充分なエネルギーを手に入れたのか？

なんのためにエネルギーが必要なのか？　どのような計画で行動しているのか？　ブルは悩みつづけた。そんなとき、呼び出しを受けた。最初はどうあつかったものか、わからなかった。

「だれからだ？」仲介ロボットにたずねた。

「中国広州市にある海洋パトロール統括本部です」それが答えだった。

レジナルド・ブルは考えた。海洋パトロールはLFT公安局の支部で、海の安全に責任を持つ。

「自由テラナー連盟と間違っているんじゃないか？」

「はっきりとハンザ・スポークスマンのレジナルド・ブルと話したがっています」

「いいだろう。顔を見せてくれ」

仲介ロボットのコードシンボルが消え、ひとりの男の顔があらわれた。年は百歳くらいだろうか。知的な印象で、好感が持てる。

「すぐにもあなたに許しを請うことになるかもしれません」男は話しはじめた。「海洋パトロールは全般的には傑出した団体です。誠実な男女たちはみな海を愛し、その安全を守るのを生きがいにしている。しかし、残念ながら、たいていは極端な個人主義者でして。われわれが地方の本部や現場にうるさくいわないものだから、だれもが上司などいないという雰囲気なのです」

レジナルド・ブルは辛抱強く聞いていたが、やがていった。

「きみの話のどこかに、わたしに許しを請うことへの糸口があるのか？」

海洋パトロールの男は驚いたようだった。

「おや、失礼」あわてていった。「あなたはわたしよりも時間にゆとりがないことを忘れていました。つまり、われわれのところではコミュニケーションがスムーズではないんです。どこか人里はなれた辺境で起こった重要事項を統括本部が聞くまでに、時として一週間かかります。そんなわけで、すこし前になってやっと報告がわたしのところに舞いこみました。三日ほど前にポート・ホバートの近くで奇妙なことが起こったのです。宇宙ハンザがここ数日とりくんでいる問題については知っていますから、あなたはこの事件に興味があるだろうと思いまして」

「聞こう」レジナルド・ブルはいった。

「われわれの一ロボット艇がホバートの南東の海中で、奇妙な状況下で失われました……」

＊

その潜水艇が十キロメートルまで近づいたとき、グレク336は戦闘を開始した。腕ほどの太さの分子破壊ビームが、三台の赤外線投光器によって昼のように明るく照らされた海底を突きぬける。なにもかも、想像したよりずっとかんたんだった。分子破壊ビームが分子間の結合を引きちぎり、艇はばらばらになった。なかにいる者は、水深四千二百メートルのものすごい水圧で跡形もないほど押しつぶされただろう。

反撃を受けなかったのは不思議だ。抵抗もせずに死のうとするなど、これまで知ったテラナーの特徴にはなかったが。マークスは崩れて海底に流れ落ちる艇の残骸にすこし目をやって、あらたに仕事にとりかかった。計画を変えなければならない。このあたりはかくれ場としてもう適さない。潜水艇の破壊が注意を引きつけ、数時間でここは調査部隊でいっぱいになるだろう。それどころか、常設の監視装置を設置するかもしれない。エネルギーの備蓄場所をほかにうつさなければ。

できるだけ時間をかけないことに重点をおいたので、いつもする保安処置をいくつか無視して、ほぼ貫通不能なエネルギー・バリアのフラテルクターを作動させる。海底の暗闇で怪しくグリーンに光るそれをドーム状のテントのように膨《ふく》らませて、ふたつの注入口の上に置いた。フラテルクターのドームが水を押しのけ、ほとんど完璧な真空状態になる。そのあとバルブふたつを開けると、圧縮された二種類の気体がタンクから流れでた。気体が混ざった時点で点火するようにした。青白い、恒星光のような炎があがる。その熱をとりこみ、エネルギーに転換したのちバッテリーへと導いた。燃焼の結果できた水がしだいにドームを満たしはじめる。炎が消えたとき、タンクが空《から》になった合図だととらえ、転換機のスイッチを切った。これでとりこみは終わった。エネルギー・ストックのもっといいかくし場所を見つける潮時だ。すくなくとも、グレク336はそう考えた。

フラテルクターを慎重に停止しようとしたとき、ドームの底にたまった水のなかにわきでる泡を見つけて驚いた。タンクはまだ空ではなかったのだ。なにかが原因で一時的にバルブがブロックされたにちがいない。あらたに流れでてくるガスを、急いでうまくコントロールして燃焼させようとした。しかし、フラテルクターは作動停止しない。危険な混合ガスがまだ熱いドーム底で熱せられて、まばゆい稲妻がはしる。轟音《ごうおん》が水蒸気でいっぱいのフラテルクター・ドームを揺すり、グレク336はわきに投げ飛ばされた。爆発の勢いでイルトン外被のグレイの合金が裂けたので、肉体構成物質に痛みを感じる。最後の一瞬でエネルギー・バリアを切ることができた。冷たい水が猛烈な勢いで襲いかかってきて、押しつぶされそうになるが、最後の最後で、自己修復能力をそなえた道具ブロックがイルトン外被の破損個所にしっかりと蓋をした。これで外被は突破不能の装甲となり、三倍の水圧でも苦もなく耐えるだろう。

数秒間、朦朧《もうろう》としていた。それから、仕事を思いだした。ここでもはや失うものはなにもない。混合ガスののこりは爆発で使いはたし、フラテルクターはやっと作動を停止した。次の問題はエネルギーのいいかくし場所を見つけることだ。それを終えてから、この島の吸引ステーションの襲撃を考えよう。

このままこっそり逃げたかったが、分子破壊ビームで殲滅《せんめつ》した潜水艇の残骸がなぜか心に引っかかる。海底谷に沿ってそこまで行ってみた。残骸は比較的せまい範囲に散らばっている。海嶺の連なりの陰では流れないのだ。マークスはぜんぶで六本ある触腕のなかの三本をくりだして、部分的にグロテスクに変形した破片を調べはじめた。道具ブロックの投光器を作動させ、あたりを照らす。

なぜ艇の破壊の痕跡を調べる気になったのか、自分でもよくわからない。この乗りものを殲滅する以外に選択肢がなかったことが残念だった。金属の二重外被のなかに人間がいると思いこんでいた。知性体の死が自分の責任になることで、心が痛んだ。いやがおうでも過去の忌まわしい出来ごとがよみがえる。死者の霊を呼びだす宣教師、キャトンの博物館で聞いた〝それ〟という名の精神存在の合成音声……肉体から精神を解放することは功績であり、そのような解放でしか高い次元の発達段階に到達できないと、人間を説得しようとしていた。

グレク336はこの惑星で実体化したとき、空間的だけではなく、時間的にもかなりはなれたところにきたことを知ってとまどった。はじめは惑星テラの住民に対して直感的に好感を持った。みな肉体を持ち、あらゆる精神化傾向にも囚《とら》われていないので、わが家のように感じてしまいそうだった。

というのも、精神化を望むことこそがマークスの偉大な文化を分断したのだと、トラウマのように確信しているからだ。肉体を持つ原理主義者は破滅し、肉体を捨てた影マークスはすみに追いやられた。いまでは……いや、自分がいた未来では……アンドロメダ公安国の種族連合内にマークス種族はもはや存在しない。肉体を持つ存在として問題なく公安国の一員といえる原理主義マークスはもう二十四名しかおらず、社会的種族としてのアイデンティティを失っている。それに対して、影マークスとはだれも関わりを持とうとしない。恐れられ、都合によっては見逃され、存在しないとみなされた。すべては精神化に責任があったのだ。

グレク336は、この惑星にいる精神化志向の者たちを撲滅するという厳粛な使命にとりかかった。人類はあまりに高度に発達し、許される以上に進歩しすぎた種族だ。マークスと同じ間違いをおかし、マークスの文明と同じ運命をたどることになる。精神化をもとめるのは、人類がおろかで見通しがきかない証明だ。まあいい、あの潜水艇にはふたりか三人、あるいは四人のおろか者がいて、死ぬ運命だったのだ。なぜそれが良心を苦しめる？

艇の残骸に有機生物の遺体を探せば探すほど、ほんのわずかな形跡すら見つからないにもかかわらず、ますます不安になっていった。ついに、マイクロプロセッサーの破片を発見した。複雑な自動制御ポジトロニクスの主部品としか考えられない。そのとき、自分がとてつもない考え違いをしていたことに気づいた。

　こちらを追跡したのは人間ではなく、ロボットだったのだ！　知性をそなえたロボットには、海底を自分の考えでくまなく探し、観察をし、決断をくだす能力がある。ペブルビーチのドーム宣教団でショッキングな体験をし、キャトンの人類学研究所を訪れて以来、グレク336にとって、この惑星の理想的な住民は非肉体化の妄想に囚われている人間ではなく、知性をそなえたロボットであると思えてきた。精神化志向との戦いではサイバネティックな助手を使おうと考えた。テラのロボットを同盟者にするのだ。知性を持つマシン以上に物質的で、かつ〝精神だけの存在〟に対してはっきりと説得力をもって反対表明するものが、ほかにあるだろうか？

　グレク336は破壊した艇の残骸の上をしばらく漂っていた。自分が急いでいることも、あらたなかくれ場を見つけなければならないことも忘れていた。できるだけ早く島のステーションに行ってエネルギー充塡をしなければならないことも忘れていた。金属の破片、ポリマーのカバー、ポジトロン部品をじっと見つめる。心のどこかで恐ろしい考えが顔をのぞかせ、頭からそうかんたんにははなれそうもない。

〝わたしはロボットを殺した！〟

4

ラクエル・ヴァータニアンは考えこむように、その大男を友好的な目で見つめた。

「特徴あるインパルス群を見つけたの？」

「見つけて、記録した」グニール・ブリンダーソンは答えて、前のテーブルに置いてある書類の入った封筒を指さした。

魚のように無口な男だわ。ラクエルは腹だたしくなった。もうすこしなにかいえないのかしら。

自分とはじめて出会って、驚かない男はいなかった。それは数百年来、変わらない事実で、男はまず女の外見に動かされるのだ。ラクエルはグニールの奇妙な反応を出自のせいにした。北国の人間はみな無愛想で冷淡だとよくいう。ひとりの男のふるまいに腹をたてたせいで、大ざっぱな判断をしていることなど、気にしなかった。

ラクエルは封筒を開けて、書類をとりだすと、ざっと目を通した。それはまさに見本のようで、ラマンチュリア吸引ステーションへのテロのさいに記録された典型的インパルスだとすぐにわかった。

レジナルド・ブルとガルブレイス・デイトンはそれまでずっと会話の聞き手でいたが、そのふたりにラクエルは話しかけた。

「まちがいありません！　一連の信号は南パタゴニア・エディソン社の場合と同じ。もしこれが本当にわたしたちの追跡している謎のものからだとしたら、《アルセール》が偶然に行きあったのもそうです」

「ジェフリーの推測だが」ガルブレイス・デイトンはいった。「その信号は、ハイパートロップの運転と連動する吸引メカニズムのようなものからきている。未知者はなぜ、吸引装置を太平洋の海底で作動させたりしたのだろう？」

「ジェフリー・ワリンジャーがいっているのはあくまでも推論でしょう」ラクエルは答えた。「なにからインパルスが発生するかはわかっていません。それよりも、ここではじめて明白な足取りをつかんだことのほうがもっと重要です」

それでいいのよ、と、ラクエルは心のなかでいった。客観的なもののいい方をしなくては。グニール・ブリンダーソンもわたしを見なおすかもしれないわ。

「未知者はもしかしたら、抜きとったエネルギーをどこかに蓄えておくことを計画しているのでは」レジナルド・ブルはいった。「そういったのはきみ自身だ。貯蔵庫のようなものを設置するために、太平洋の海底にもぐった可能性もあるのではないか？」

「そのとおりです」ラクエルは答えた。「でも、ご質問の意図はこういうことですね。そこへ行って、くわしく調べてはどうか、と？」

「未知者はロボット艇を殲滅した」ブルはひとり言のようにつぶやいた。「正体を知られたくないらしい。海洋パトロールの連中がもっと迅速に連絡をとりあっていたら、クローゼー吸引ステーションの攻撃前に捕まえることができたかもしれない」そこで目をあげると、「グニール・ブリンダーソン、きみに数日、宇宙ハンザの仕事についてもらうとしたら、いくら支払えばいいのかな？」

「わたしのほか、潜水艇とさらに乗員ふたりも、ということで」大男は答えた。「われわれが鉱物を見つけた場合に得られる金額に相当する支払いをしてください。プラス雑費です、もちろん」

「それはいくらだ？」

「一日、千二百ギャラクスくらいでたりると思います」

レジナルド・ブルは満足げにうなずいた。それほど安くすむとは思っていなかったのだ。

「調査にどのくらい日数がいるかわからないが、一週間以上はかからないだろう。それでいいか？」

「了解です」グニールは約束した。

ブルは立ちあがった。

「それならば時間をむだにはできない。海洋パトロールのせいで、すでに三回のうち二回まで作業が滞っている。なにがまだ救いだせるか見てみようではないか」それからラクエル・ヴァータニアンに向かって、「われわれの友グニールが潜水艇で同行することに、特別担当官の反対はないと思うが」

「もちろんです」ラクエルはためらいなく答えた。

*

準備ができた。エネルギーを充填し、海底貯蔵庫を三ヵ所に設置した。あちこちの貯蔵庫にときどき行かなければならなかったが、それ以外はなにをしても完全に自由だった。計画を実行する潮時だ。

マークスはヴィシュナとの同盟を考えた。ヴィシュナは宇宙のすべての知識をそなえた上位存在で、完全な肉体を持つ。連絡があったとき、よろこんで同盟を結んだ。グレク336がヴィシュナからのメッセージを受けとったのは、まったくの偶然だった。ヴィシュナは宇宙のはるかかなたにいて、テラに住む異種族を探していた……同盟仲間および援助者として仕える意欲と能力を持つ者を。

テラはテラナーが〝時間ダム〟と名づけた時空構造の褶曲《しゅうきょく》にかこまれている。時間ダムによって、テラはその衛星といっしょにそれ以外の宇宙から切りはなされているのだ。テラ＝ルナ系は独自の微小宇宙に存在していた。テラ上空にはちいさいが強力な人工太陽が輝いていて、十二時間ごとに明るさと暖かさを供給する。時間ダムはあらゆる種類のエネルギーと物質の侵入を拒む。外界とのつながりの保持のため、テラナーはツナミ艦と呼ばれるクラスの宇宙船を使っていた。ツナミ艦は独自の時空褶曲をつくることで、時間ダムを通りぬけられるそうだ。一隻のツナミ艦が時間ダムを抜けて突進するごとに、短時間だが構造亀裂ができる。テラが重要な通信連絡を時間ダムの向こう側に送ったときも、同じような亀裂ができる。

さしあたりまだ知らない同盟者との意思疎通にヴィシュナが考えだした方法は、卓越したものだった。テラと衛星をかくした時間ダムがあると思われる宙域の向こうに、メッセージを絶え間なく送り、いずれかの構造亀裂を通って時間ダムのなかへ到達させようと考えたのだ。メッセージを受けとり、それに興味を持った者は、すべてのテキストがそろうまで、かなりの時間をかけなくてはならないが。

グレク336も同じだった。メッセージのすべてを理解するまで忍耐強く待った。それを、きょうまで後悔してはいない。ヴィシュナには人類のさらなる発展をべつの方向に向けるだけの理由があると、理解したと思っていたから。できるだけ早く目的に到達するため、ヴィシュナは必要とあればきびしい態度でのぞむつもりなのだ。グレク33

6は、この上位存在がテラナーに根深い憎しみをいだいて行動しているのではないかと思うことさえあったが、その点で確信はなかった。ヴィシュナとのコミュニケーションが実質的なものにかぎられているからだ。

人間の精神化欲求を阻止するという計画を持つ原理主義マークスは、ちょうどいいときにヴィシュナと出会った。彼女と同盟を結び、不可欠な行動力をもって計画を実行し、さらにテラの状況に関する情報を提供することを約束した。そのさいヴィシュナは同盟者を全力で援助すると、すでに表明している。援助というのは、おもにヴィシュナの無尽蔵ともいえる知識ストックからの情報だった。

ヴィシュナとの意思疎通は手間がかかるし危険だった。おたがいにとりかわす通信連絡は、テラかあるいは外の宇宙空間で無遠慮な受信者に盗聴される恐れがある。もちろんヴィシュナとは暗号を決めていたが、それはグレク336がかつて見たなかでもっとも複雑なものだった。しかし、長年の経験から、どんなむずかしい暗号でも解読されることを知っている。この可能性を計算に入れなければならない。だから、できるだけヴィシュナとコンタクトをとらないようにした。自主的行動には慣れている。

そういうわけで、グレク336は目標も自分自身の考えに沿って選んだ。ときどき傍受する情報のなかで、何度かプシ・トラストのことが話題になっていた。プシ・トラストはどうやら時間ダムの保持で重要な役割をはたしているらしい。まずはヴィシュナに同盟仲間として信頼にたることをしめすのが重要だ。ヴィシュナのために、ある意味で同盟の証《あかし》として、時間ダムを崩壊させたかった。そうすれば、ヴィシュナはテラに直接介入して、計画をよりかんたんに実現できるかもしれない。

しかし、このあいだに追加の情報が入ってきた。それを知ってグレク336は非常に興奮し、プシ・トラストへの攻撃をまったく個人的なプロジェクトとすることにした。

プシ・トラストとは、ただたんにすぐれた知的能力をそなえた人間数千名の集まりだと思っていた。その者たちはひとつの建物内にいるが、全員が一度に集まるのではなく、勤務交替で調整されている。かれらは一定の利用可能な余力を蓄えて、その精神力で時間ダムをつくりだしていた。

それ以外にどんな影響が役割をはたしているかは知らないが、あらゆる面が閉じている時空褶曲を、数千人の思考意識を集中させることでのみつくり、保持するなど、不可能だとグレク336は思っている。しかし、それは問題ではない。決定的なのは、ふたたび純粋な精神力がひと役買っていることだ。それはこちらへの挑戦を意味した。人間がもっぱら精神力を当てにして、その力は生来の肉体性よりもすぐれているなどとほのめかすなら、攻撃しなければならない。何度もくりかえし攻撃するのだ……いくらか役にたつ精神的観点はたったひとつ、理性しかないことをかれらが悟るまで。そして、理性は肉体と結びついた脳という基盤がないと機能しないことを。

プシ・トラストはシシャ・ロルヴィクという町にあった。そこはナムツォという湖の岸辺の人里はなれた高地にある。すでにこの惑星の地理は知りつくしていた。最後のエネルギー・ストックは、目前にひかえる行動を考慮して、すでにととのえてある。それは最初のふたつとは反対に、浅海にあった。フィリピンのパラワン島の西、四百キロメートルほどの海域で、スプラトリー諸島があることで知られ、危険な浅瀬のために船は航行を避けている。そこの水深五メートルまでのところに第三のエネルギー貯蔵庫を設置していた。

グレク336はここから、北西方向に出発した。シシャ・ロルヴィクに到達するためだ。慎重に仕事にとりかからなければならない。大部分は人口密度の高い陸地の上を通った。ナムツォの岸辺には優秀な人間が集められている。

テラナーにプシ・トラストの活動へ異を唱えさせるのはかんたんではないだろう。

＊

《アルセール》はポート・ホバートに停泊している。グニール・ブリンダーソンとラクエル・ヴァータニアンは転送機でメルボルンに着くと、グライダーを借りてタスマニアにわたった。ラクエルはフリーヤ・アスゲイルソンとジャルア・ハイスタンギアに紹介された。ふたりともグニール同様にひかえめで、感情の動きがすくないようだ。

テラニア・シティからこのあいだに多くのものが準備のため送られていた。グニールは海洋パトロールのセクションにあるすべての補助具を使うことができる。倉庫の機器類を見まわし、深海での出動用に設計してある特殊ロボット二体に決めた。二体を運びこむのに《アルセール》の若干の改造が必要となったが、これは二十四時間以内にすんだ。十月二十六日の午後に潜水艇は出港した。グニールは操縦をオートパイロットに切りかえた。前回のポート・ホバート南東の海底山脈への出動記録のデータはある。《アルセール》は水深二十メートル、時速八十ノットで航行した。フリーヤは担当計器のそばをはなれない。グニールはいつもいろいろとすることがあり、ひと言も言葉を発せず仕事をしている。当面、完全に手があいているのはジャルアひとりだけだった。頑固な高齢の男で、プラチナブロンドの髪、しわのよった額と、生き生きとした明るいブルーの目をしている。

一時間半、だれもなにもしゃべらない。ラクエルは耐えられず、ジャルアのほうを向いた。

「あなたたちはいつもこんなに無口なの？」

ジャルアは彼女がなにをいっているのかわからないらしい。

「コーヒーか？　コーヒーがほしいのか？」

その反応がひどくおかしくて、彼女は大笑いした。フリーヤが驚いて振りむき、ラクエルをじろじろと見る。

「コーヒーを飲みたくなったわ」ラクエルはいった。

ジャルアは立ちあがって、湯気をたてる褐色の液体が入ったカップを飲料自動供給装置からとると、ラクエルにわたした。

「ありがとう」

「うむ」ジャルアは答えた。

ラクエルは飲みものの味見をした。どこかの自動販売機のコーヒーとさして味は変わらない。ラクエルはためしにもうひと言いってみた。

「どこの出身なの、ジャルア?」

「イトコルトルミット」

この答えをどれくらい真剣に受けとめていいか、わからなかった。こちらをからかうつもりなのか?

「それはどこなの? アイスランド?」

「グリーンランド東部だ。以前はスコアズビースンドといった。ずっと前だ」

「そこではみなあまりしゃべらないの?」ジャルアがこちらのカップを見ているのに気づいて、笑いながら手を振って断った。「けっこうよ。まだ入っているわ」

「あなたのいうとおりよ」フリーヤが思いがけず口を開いた。目は装置からはなさない。

「わたしたちは無口なの。あなたは違う、そうでしょう？　どこの出身？」

「アルメニアよ」ラクエルは答えた。

「つまり、気性のはげしいおしゃべり好き。違う？」

ラクエルはすぐには答えなかった。その言葉の裏にあるものを探っていた。敵意がかくれているのだろうか？　フリーヤはこちらの存在がいやなのかもしれない。なぜなら……グニールに夢中だから？　こんな氷のように冷ややかなグループ内で相互間の情愛が芽生えるのだろうか。しかし、北国の男たちはすでに五千年前から存在しているし、近いうちに死にたえてしまいそうでもない。なんだかんだいっても、北国の男女はいっしょに暮らしているのだ。フリーヤとグニールのあいだになにかあるかないか、よそ者の自分がどうやって判断するというのか？

「いずれにしても、おしゃべりなことはたしかね」ラクエルは質問に答えた。

「あなたがここにいてくれてうれしいわ」背の高いがっしりとした女はため息をついた。

「ときどきほんの数分間でいいから、わたしもたわいないおしゃべりがしたい」

ラクエルは驚いた。嘘ではないようだ。フリーヤを誤解していた。彼女の言葉に答えたかったが、ジャルアに割りこまれた。

「むだ口はやめるんだ、お嬢さんたち。グリーンのランプが光るのが見えないか？」

オートパイロットは《アルセール》が目的地に着いたことをしめしていた。ジャルアは立ちあがって、操縦席についた。

＊

すぐに、ロボット艇が思わぬ終焉を迎えた場所に到着した。海洋パトロールがその残骸を見つけていたのだ。パトロールはどのように艇が破壊されたのか、くわしく調べようとしただけで、未確認の探知リフレックスの出どころは気にしていなかった。

《アルセール》は岩だらけの太平洋の海底にいた。投光器のスイッチを入れたので、直径百メートル以上の光の輪ができている。特殊ロボット二体が外に出て、海底をくまなく探した。ロボットのボディはたいらに押しつぶしたレンズのようなかたちで、把握装置としても使える蜘蛛のような細い十二本の足で動く。ロボット内部の圧力は水圧に合わせられるため、非常に繊細なポジトロニクスが押しつぶされる危険はない。

「注目すべきシュプールを発見」ロボットの一体が機械音声で報告した。人間の声をまねる調整は、このタイプのロボットには重要でない。「映像を転送します」

ふたつのモニター装置のひとつに、ロボットの視点で見た海底の至近距離のカットがあらわれた。本来ならばまったくなめらかな岩に、鋭角のちいさな溝が一本のびている。割れた角のところは白っぽい。だれが見ても、ついさっきできたものだ。

「説明は？」ラクエル・ヴァータニアンは要求した。

「爆発です」ロボットは答えた。

「非常に高熱のエネルギーが発生しました。溶けた形跡ではっきりとわかります」

水温摂氏三度、三百五十気圧の環境での爆発とはどのようなものだろう。ラクエルはそう自問したが、ロボットの報告をとやかくいうには、科学の専門知識があまりにも貧弱だった。ロボットは自分がなにをいっているのかわかっている。ありえない状況で爆発が起こったのだ。

「爆発場所のすぐ近くに穴がふたつあります」もう一体のロボットが報告した。

もうひとつのモニターも明るくなった。穴はならんでいて、八十センチメートルほどしかはなれていない。直径五センチメートルぐらいの円形だ。ロボットは把握アームを使ってその穴を調べた。

「岩を溶かしてパイプ状につくられています。ななめにはしって、分岐しています」

「どこに通じているの？」ラクエルはたずねた。

「わかりません。パイプは把握アームより長いので」

「提案は？」ラクエルは要求した。「どうやったらそのパイプの先端に近づける？」

「溶かしてはどうでしょう」それが答えだった。「本体内蔵のサーモ火炎装置で」

「いいわ。仕事にとりかかって」

おや指ほどの太さのエネルギー・ビーム二本がいっきに光り、水を抜けて海底に食いこんだ。蒸気が泡とともに音をたててあがってくる。十億年前にできた岩が火炎装置で溶け、陽にあたった雪のようだ。数分たった。泥が雲のようにわきあがる。それがゆっくりと分かれてどこかに消えていくと、巨大な穴が海底に口を開けていた。ロボット二体の姿は見えない。

「洞穴です」機械音声が報告した。「海底からさらに五メートル下にあり、直径八メートルのほぼ球状で、海水が満たされています」

「岩のサンプルをとってきて」ラクエルは命令した。

すぐにロボット二体がふたたびあらわれた。竹馬のような蜘蛛足で《アルセール》に向かってくる。一体はこぶし大の岩を把握装置で運んでいる。もう一体は突然とまり、「発見物です」と、報告した。

その把握アームがモニターにうつった。指のあいだにグレイの物質塊を持っている。

「なにかわかったの?」

「わかりません。柔らかく弾力性のある物質で、ちいさくかたい内容物があります」

ラクエルはすこし考えてから、決断した。

「艇内にきてちょうだい」

岩のサンプルはていねいに除染された容器に入っていた。ラクエルは同じような容器にグレイの物質塊も入れた……まずはすこし調べてからだったが。ロボットと同様、ラクエルもこれがなんだかわからなかった。塊りは柔らかいが、かたちを変えることはできない。圧力をかけるのをやめると、すぐにもとの姿にもどる。片側は革のような素材におおわれている。強く押すと、塊りのなかに粒状のものを感じた。ロボットが話していた、ちいさなかたい内容物だ。

ラクエルは奇妙な発見物を容器に押しこんで、振りむいた。

「さ、イトコルトルミットの人」彼女はいった。「もどりましょう！」

ジャルア・ハイスタンギアは驚いてラクエルを見あげた。

「おぼえたのか？　たいていの者はその名前を冗談だと思っておぼえられないんだが」

ラクエルはほほえみながら、こめかみをたたいてみせた。

「情熱的で気性のはげしいおしゃべり好きは、記憶力もいいのよ」からかうようにいった。

5

白い三日月が星のない夜空に寂しそうに昇ってきた。このようなとき、エルンスト・エラートはよく家の屋根の上ですごす。シシャ・ロルヴィクでの滞在のあいだ、住まいとして使っている家だ。本当はひどく寒いはずだったが、人間は自然の裏をかき、ナムツォのまわりの山々に何十という熱線装置をとりつけてある。だから、この谷は心地よい気温なのだ。湖面の千五百メートル上をおおう逆転層が、温かさが逃げるのを防いでいた。

エルンスト・エラートは頭をのけぞらせて、暗い空を見あげた。漆黒の夜空は、かれが上位存在〝それ〟の命令でテラナーに伝えた計画が有効であることを証明している。時空構造の褶曲、つまり時間ダムは、テラとルナをそのほかの宇宙から閉めだした。ルナは以前と同じように母惑星をめぐっている。しかし、星々は光るのをやめたようだ。

〝故郷〟と呼んでいた場所へのあこがれを感じる。友たちが、そしてエデンIIのひろい平地が懐かしかった。すこし胸が痛くなる。だが、そこまでにとどめよう。仕事はまだまったくかたづいていなかった。あとどのくらいここにとどまらなければならないか、わからない。自分の使命はテラをヴィシュナから守ることだ。長くかかるのだろうか。

時間ダムは信頼できる防衛手段か？　これまではおおむね持ちこたえている。ヴィシュナはパルスフとクロングのロボット種族に働きかけ、時間ダムを真空稲妻のビームで攻撃させた。時間ダムは揺らぎ、数時間、テラでは完全なカオス状態になった。因果律が失われ、空間と時間がでたらめに入れ替わったが、最後には攻撃がとまった。理由はだれも知らない。もしかしたら、クロングとパルスフが真空稲妻に使うエネルギーが底をついてしまったのかもしれない。それ以来、時間ダムは安定し、だれにもじゃまされずそこにある。時間ダムは信頼できるかという疑問には答えられない。未来がそれを証明するだろう。

未来……ロボット二種族の攻撃のあと、宇宙ハンザの科学部チーフであるジェフリー・ワリンジャーは、カオスの真っ最中に〝未来からの物体〟がテラにきたと報告して、周囲の者たちを驚かせた。よりくわしい報告はできなかったが、奇妙なかたちをしたハイパーエネルギー・インパルスを手がかりに、未来のものということは証明できた。真空稲妻の連続集中砲火のあいだ、ワリンジャーの装置がそれを記録していたのだ。とても信じられない出来ごとだとしても、それは明白な事実で、ふたとおりの意味しか考えられなかった。統計的に見て自然現象であり、宇宙の解放された力が失われた因果律の影響で悪さをしたか、あるいはヴィシュナがひと役買っているかだ。変節した女コスモクラートは、テラの科学者たちがまだ夢にみたこともないような手段と知識を持っている。時間を突きぬけて物体を動かす技を使えたからといって、だれが疑うだろう？

とはいえ、専門家たちの意見はこの現象を統計的に見る方向にかたむいていた。ヴィシュナ側の狙いを定めた行動であると主張するよりも、現象に付随する偶然性の徴候を見逃すべきではないというのだ。それでも現象の意味はいまなお不明で、無視できる程度の些細《ささい》なことだとは、とうてい断言できない。未来からの物体が……言葉のもともとの意味において時代にそぐわないものが……テラにある。時空構造の張りめぐらされた網にひとつ、ほつれがあった。それだけだったらなにも問題ないが、ほつれがひろがれば、ほころびになり、網全体がばらばらになるかもしれない。

エラートの考えは突然、中断された。奇妙なものが視界に入ってきたのだ。重力感があるが、音もなく浮遊している。まるで、重力の法則が当てはまらないかのようだ。大きさは見積もるのがむずかしい。ルナの乳白色の光では、どれくらいはなれているか、わからないからだ。しかし、そのかたちは独特だった。直立して浮遊する潜水艦のようだ。ゆったりと家の上を通り過ぎ、ナムツォ上空の夜の闇に消えた。

エルンスト・エラートは立ちあがった。反重力シャフトで室内におりる。仕事部屋でラダカムのスイッチを入れて、ストロンカー・キーンの呼び出しコードを選んだ。キーンはプシ・トラストのリーダーだ。すぐに返事があった。
「緊急プランを実行する」エラートはいった。
キーンは驚いた。しかし、エラートは質問を拒んだ。
「説明の時間はない。危険が迫っている」

*

しずかに眠っていたちいさな町シシャ・ロルヴィクが、真夜中に目をさまし、あわただしく活動をはじめた。すこし前に一斉コールで飛び起きたプシオニカー四千人は、じゃまされた眠りのことはもう考えなかった。過去に同じようなことがよくあったのだ。緊急事態なのか、あるいは訓練なのか、だれもわからない。プシオニカーたちは身支度をし、食べものをひと口食べ、数分後には第二退避ステーションに向かっていた。

ナムツォの南岸に、壁のようにそびえる七千メートル級のニェンチェンタンラ山脈がある。大きなドームはその前山を溶かしてつくってあった。プシオニカーが働くブースは可動式の衝立で区切られ、中央に投影されるスクリーンには、いつもの映像がうつしだされている。太陽をめぐる惑星群のなかのテラ……時間ダムの安定を使命とする者たちが、その精神力の集中点とするための地球の映像だ。

眠りから引きずりだされた者の半分は控え室に集まった。問題が起こったときのために準備して待つ以外にすることはない。二千人の男女がそれぞれブースに入って、映像に集中している。宇宙のエネルギー流を導いてまとめ、テラのまわりにすべての面が閉じた時空構造の襞《ひだ》をつくるという試みに、精神力を捧げているのだ。

〝思考タンク〟のほかの仲間同様、ここチベットの山中に集まったのは特別に選ばれた者たちだ。テラナー数百万人の精神放射から偽テラと偽ルナをつくりだした〝第二地球作戦〟の過程で、エルンスト・エラートとその協力者たちは、平均的な市民をはるかに上まわる精神力を持つ一万人以上の人間を見つけだした。ミュータントではないが、高いプシオン潜在能力の持ち主で、プシオニカーと呼ばれる。これまで人間の考えだしたなかでもっとも大胆な計画への協力が、求められていた。プシオン力で宇宙のエネルギーを動かし、テラとルナを時空構造の襞の向こうにかくそうというものだ。協力を要請された者のほとんどすべてが承諾の意を表明し、プシ・トラストが結成された。それがすでに数カ月前からテラをヴィシュナの攻撃から守っている。

プシオニカーのなかに思いがけず、ほんもののテレパシーや強い心理影響力、たとえばテレキネシスのようなものを使える者が少数いた。その者たちはプシ・トラストから分けられ、自由テラナー連盟によるプシオン講習会に参加した。まずは、まだなかばかくれている能力を拡大し、強化するためだ。みな熱心にこの機会を利用した。

真夜中をすこし過ぎたとき、エルンスト・エラートは報告を受けた。

「こちら第二退避ステーション。時間ダムは安定しています」

思考タンクの人々を避難させる潮時だ。エラートは湖の北岸にあるドーム形建物の出入口でストロンカー・キーンと会った。キーンはいわゆる熟年で、百十四歳。中背でスポーツマンのようながっしりとした体格をしている。ほぼ四角の顔は素朴で実直に見えるが、その印象が間違っていることは、生気にあふれ賢そうな大きな目から明らかだ。

「いったいなにが起こったんです？」キーンは待ちきれず、たずねた。

「予防処置、それだけだ」いまもなおスプリンガーのメルグ・コーラフェの姿のエルンスト・エラートは慎重に答えて、家の屋根で観察したものの話をした。「テラニアが極秘チャンネルで流したニュースを知っているだろう。ペブルビーチの怪物、そのほかいろいろ。わたしが見たのはLFTの説明どおりの物体だった。怪物はシシャ・ロルヴィクでなにがしたいのだろう？　プシ・トラスト以外になにか重要なものがここにあるか？」

「監視装置は反応しなかったので？」ストロンカー・キーンは不思議そうにたずねた。

「物体は低空移動している。マイクロ波探知機をくぐりぬけるんだ」ハイパーエネルギーによる探知・走査は、プシ・トラストのこの領域では使用が許可されていない。ことによったらプシオニカーたちのプシオン放射と干渉しあうからである。「捜索隊が携帯可能な装置を持って出発している」

思考タンク内のプシオニカーたちは真夜中の展開をまだなにも知らなかった。ストロンカー・キーンから至急、できるだけ目立たないように自宅に帰れという指示を受けたときは、みな一様に驚いた。エラートは未知物体を勝手に〝闇のテロリスト〟と名づけていたが……理由もなくシシャ・ロルヴィクにくるわけはないからだ……その相手が緊急プランの実行を知るのを避けたかったのだ。暗闇にとどまらせ、計画どおりに襲撃を遂行させよう。そうすれば、捕まえる可能性が生まれるかもしれない。

エラートはキーンといっしょにドーム建物の十以上ある出入口のひとつに立った。真夜中に数千人の人間を目立たないように職場から帰すというのは、かんたんな仕事ではなかった。キーンはかれらに、十人以下のグループで帰るよう、そのさいに建物のすべての出入口を利用するよう指示していた。すぐにグライダーのエンジン音がしきりとするようになった。グライダーが次々に大規模な駐機場から出発し、暗闇に消えていく。

建物内にいた者の半分がすでに帰路についたとき、エルンスト・エラートのミニカムが突き通るような音で鳴った。スイッチを入れると、一保安職員の興奮した声がした。

「未知のものをとらえました。湖をこえて北へ向かい、思考タンクに近づいています」

「目をはなすな」エラートは強調した。「敵対的な動きをしたらすぐに攻撃しろ」

その言葉が終わるか終わらないかで、真っ暗な湖上に薄いグリーンの光が見えた。理性でというよりはむしろ本能的に、エルンスト・エラートはその意味を理解した。

「防御バリアを構築したぞ！　急いで人々を建物から外に出すんだ！」

まばゆいエネルギー・ビームが音をたてて夜の闇を突きぬけ、思考タンクのドーム屋根をとらえた。揺れ動く赤熱《せきねつ》が暗い空に飛びちる。きしみ割れるような音とともに屋根の一部が崩壊し、なかば液化して煮えたぎる建材が建物内部に落ちてきた。

ペブルビーチの怪物は突然、行動に出たのだ。プシ・トラストへの攻撃がはじまった。

＊

グレク３３６は半日、辛抱強く谷に沿って飛んだ。計測し、耳をすまし、地形に習熟しようとした。ハイパーエネルギーをベースにした監視システムはないことを確認した。これは、湖の北岸にあるドーム建物内での人間の精神活動に関係するにちがいない。かれらはそこで時間ダムを安定させるために、可能なすべてのプシオン力を費《つい》やしている。その放射を受信することは、原理主義マークスにはできない。精神的なもの全般に対する反感があまりにも強いのだ。だから、あえてプシオン・センサーは使わなかったが、メンバー同士でかわされる通信連絡をときどき盗聴した。やがて、シシャ・ロルヴィクでおこなわれていることがかなりはっきりとイメージできるようになった。

暗くなりはじめてから数時間待って出発した。たったひとつ用心するのは通常のマイクロ波探知機だ。できるだけ低空を移動することで探知をくぐりぬけ、ちいさな町を見つけた。もう遅い時間だというのに、驚くほど出入りがはげしく、あちこちにグライダーが行きかっている。たいていは北岸からやってきて、南に向かう。その尋常でない行動がなにを意味するのか知りたかったが、グライダー同士の情報交換はなかった。あとを追うことなど当然、考えない。こちらの目的は北岸にあったからだ。

澄んだしずかな湖面すれすれに飛んだ。しばらくグライダーの数は減っていくように見えたが、それから増えはじめた。また北から出ていく。湖岸に近づくと、グライダーはすべて、ドーム屋根の建物を大きく円を描くようにかこむひろい駐機場から飛んでいた。不安になった。避難しているように見えたからだ。ばかな、と、ひとり言のようにつぶやいた。なぜ避難しなければならないのだ？　わたしがここにいるのをだれも知らないはずじゃないか。

マークスは戦闘態勢についた。この瞬間まで自分がどのような行動に出るか、想像していなかった。人間を殺すことが目的ではない。テラナーに対して恨みなどいだいていない。マークス種族を襲った恐ろしい運命から逃れたければ、すべての精神化志向をやめるべきだと、テラナーにはっきりとわからせたいのだ。かれらを恐怖におとしいれることが作戦の第一段階だ。それはたぶん何年もつづくだろう。何度もくりかえしてたたきこむという、原始的メカニズムを使わなければならない。非肉体化に熱心にとりくんだり、もっぱら精神力を当てにして問題解決したりするたび、カタストロフィが起きるようにする。それにより、すべての精神的なものへの反感を意識深くに埋めこみ、本能的反応を起こさせるのだ。もしグレク336が〝パブロフの犬〟の話を知っていたら、それと同じことだと思っただろう。

突然、現実に引きもどされた。湖のはるかかなたで水が動く音がする。男ふたりの乗ったボートが暗闇をこちらに近づいてくるのを感覚ブロックの視覚器官が認識する前に、マイクロ波探知インパルスの軽い衝撃を感じた。だまされたのだ！　通信連絡が聞こえた。

「未知のものをとらえました。湖をこえて北へ向かい、思考タンクに近づいています」

それへの応答も聞きもらさなかった。デモデュレーターがひとりの男の声を認識した。この半日、よく聞いた声だ。

「目をはなすな。敵対的な動きをしたらすぐに攻撃しろ」

この短いやりとりで、自分の存在がしばらく前から知られていたことがわかった。男が驚かなかったからだ。いつになく活発なグライダーの往来の意味がわかった。

やはり、かれらは避難したのだ。

これ以上ためらうことは許されない。フラテルクターを作動させると、薄いグリーンの光が北の湖岸をひろくおおった。男が叫ぶのが聞こえる。またあの声だ。

「防御バリアを構築したぞ！　急いで人々を建物から外に出すんだ！」

グレク336は戦闘を開始した。大型武器から腕ほどの太さのエネルギー・ビームが音をたてて、プシ・トラストの本拠がある建物の屋根にとぶ。破壊活動がはじまった。

マークスはひそかに決心していた。ここ半日間で何度もその声を聞いた男から目をはなさないことを。

＊

エルンスト・エラートは急に向きを変えると、照明が煌々《こうこう》とつく通廊に沿って突っ走った。通廊は思考タンクのもともとの作業エリアにつながっていた。その向こうの岩ドームと同様、ここも利用可能なフロアが小部屋に分かれていて、そのどれもプシオニカーたちが仕事部屋として使っている。ここは山の湖の施設にあるような衝立ではなく、それぞれがしっかりとした壁や天井でかこまれていた。

「全員、外に出るんだ！」エラートは叫んだ。「安全を確保しろ。思考タンクが攻撃を受けている」

高いところから弾《はじ》けるような音が響いてきた。ドーム天井から落下してきた赤熱する破片の重さで、建物が震える。刺激臭のする煙がもうもうと仕事部屋いっぱいにひろがった。エルンスト・エラートは人々をかきわけて進んだ。みな大あわてで、もよりの出入口に殺到している。

「うろたえるな！」エラートは大声で叫んだ。「おちつくんだ」

ストロンカー・キーンが隣りにいるのがぼんやりとわかる。ふたりで建物の中心部へ近づいた。まだ人々がこちらに向かってくる。いったいどのくらいの人数がブースにいるのだろう！　轟音が壁を震わせた。目の前で天井がたわんで低くなりはじめたのを見て、エラートはスパートをかけた。頭上できしむような音がする。身をかがめて、ひび割れた天井の下を走りぬけた。熱せられたプラスティック被覆が頭をかすめ、刺激臭のする煙が目に入る。背後で通廊が崩壊した。キーンはどこにも見あたらない。危険を事前に察知し、うまいぐあいに崩落の手前でとどまってくれればいいのだが。

煙がさらに充満してきて、二歩先も見えない。頭上から響いてくる騒音をついて、甲高い悲鳴が聞こえる。その声をたよりに、あるブースのドアにたどりついた。ドアはふつうにやっても開かない。やぶれかぶれで蹴飛ばすと、頑丈な留め具が壊れて破片が飛びちった。

煙がたちこめ、なかば倒壊したブースのなかに入る。青いちいさな炎が瓦礫《がれき》に埋もれた調度に燃えうつっていく。悲鳴はしなくなり、女の腕だけが見えた。手をこぶしに握り、瓦礫をひたすらわきに押しのけている。エラートは瓦礫の山に突進した。呼吸が苦しかったが、なにかにとりつかれたように瓦礫をかきわけ、気をおちつけるようにと、意味のない言葉をつぶやきながら進んでいった。

細い両肩がつかめたので、力いっぱい引っ張った。瓦礫の山が揺らぎ、若い女が出てきて、腕に抱きかかえた。見おぼえはないが、顔が埃《ほこり》だらけだったからかもしれない。ぐったりともたれかかってきた彼女を、エラートは突きはなし、かすれ声でいった。

「自分の足で歩くんだ。そうでなければ、ここからもう出られない」

女は立っているのがむずかしかったので、エラートが支えながら出入口のほうに押していった。頭上は地獄のようで、建物はとりかえしのつかない状態になっていた。思考タンクはもはや存在しない。エラートは右から入ってきたので、左に向かった。右のほうの通廊は崩壊したのがわかっていたからだ。肺に刺すような痛みを感じた。絶望的状況での救助活動に猛然ととりくんだものの、このときはじめて、出入口までたどりつけないのではないかという考えが頭をよぎった。

揺らぐ煙のなかに人影が見えた。ストロンカー・キーンだ。エラートと若い女のあいだに割って入り、ふたりを幅ひろい肩で支えた。エラートはもう自分のまわりでなにが起きているのか、わからなかった。完全に破壊された光景を見て、人々の悲鳴を聞き、耳のなかではたえず落雷のような轟音が響く……それから急に、まるで胸に巻きついていた鉄のベルトがゆるむように、呼吸が楽になった。あえぎながらも、新鮮な空気をゆっくり深呼吸する。頭上には黒い夜空があった。保安部隊のグライダーの色とりどりの光がそれをかすめていく。

ストロンカー・キーンはエラートをそっと地面にすわらせた。

「あなたよりも彼女のほうが危険な状態です」そういうと、腕にだらりとぶらさがっている若い女を指さした。

エラートはうなずいた。喉が傷だらけになったような感じで、言葉ひとつも声にできない。キーンは意識のない女を連れて急いで立ち去った。医療関係者を呼ぶ声が聞こえる。エラートは崩落した瓦礫のところまでからだを引きずり、痛む背中の支えにした。

そのままそこにすわっていた……意識を失ったり、とりもどしたりしながら。騒音はしだいにおさまった。怪物は破壊作業を終えたのだ。エラートはなにもかも忘れて眠りこみたかった。しかし、カオスのこの瞬間にもっとも必要とされているのは自分だという意識が頭のかたすみから消えない。

影がさした。エラートは驚いてからだを起こし、頭上数メートルを浮遊する奇妙なものを茫然と見つめた。見たことがある。家の屋根の上を飛んでいくのを見てから一時間もたっていない。直立して飛ぶミニ潜水艦、長さ四メートルの棍棒のような……

「な……なにものだ？」思わずうめいた。

「恐がるな」その者は流暢《りゅうちょう》なインターコスモで、浮遊する棍棒の上の部分から答えた。「きみの命が目当てではない。べつのものが目当てだ」

エルンスト・エラートはすばやく立ちあがろうとした。しかし、その瞬間、なにかに殴られたような感覚をおぼえ、全身が燃えあがる炎につつまれた。頭のなかでヒューズが飛んだ。意識喪失という慈悲深い暗黒に沈んでいく。

6

「マークスだと？」レジナルド・ブルがとほうにくれたように、おうむがえしする。

「マークスです」ジェフリー・ワリンジャーは認めた。「まちがいありません。その実質は非常に複雑な複合体で、合成組織、技術補助装置、人工組織塊などから構成されていますが……なによりも、もとの肉体物質のごく一部が顔をのぞかせている。まったく疑問の余地なくマークスです」

「なんてことだ……」ブルはうろたえて言葉をとぎれさせた。「もとから本当にその姿なのか、それとも、なにかの結果としてできたものなのか？」

「内部組織には非常に高い割合で有機体が存在します」ワリンジャーは答えた。「内部はもともとの状態だと思います。なにか爆発があって負傷し、からだから物質の一部が……肉片と思いたければそれでもいいですが……はぎとられたのでしょう。いいえ、なにかの結果ではありません」科学者はそういうと、ほほえみながらブル自身の言葉をくりかえした。「もとから本当にその姿なのです」

「どこからきたのだ？　とてもマークスには見えないが！」

「わたしに訊かないでください」ワリンジャーはかぶりを振った。「異常な発達を遂げたのかもしれない。あるいは……」

「あるいは？」

「あなたはペブルビーチの怪物を、未来からきた物体と同一だとみなしましたね。おぼえていますか？」

「ああ」ブルは腹だたしげに、「きみたちはさんざん笑った」

「笑うのが早すぎたようです」科学者はいった。「早すぎたし、充分な知識もなかった。あの未知物体がどのくらいの未来からきたのかは知りませんが、生物学的進化の基準から見て重要な時代だろうと思います。われわれは数十万年後のマークスを相手にしているのかもしれません」

「ばかげている」レジナルド・ブルがつぶやいた。これでこの話題にけりをつけたようだ。「岩のサンプルはどうなったんだ？　なにか手がかりになりそうか？」

「なりそうです。あの岩のかけらには水素がふくまれていました。それをとってきた海底の洞穴は、どうやら水素でしばらくいっぱいだったらしい」

「きみはその説明になる理論を見つけたのだろう？」

ワリンジャーはうなずいた。

「われらが女特別担当官の鋭い観察のおかげでね。未知者の携行するエネルギーはあまりに多すぎるから、どこかにおろさなければならないだろうと、彼女は考えました。わたしが思うに、未知者はエネルギーを使って海水を電気分解し、海底のタンクに貯蔵したのです」

「なるほど」ブルはいった。「充塡が必要になれば、水素と酸素を燃やして水にし、その反応熱を自身がとりこむわけか」

「そのとおり」

「それは考えつくかぎりでもっとも非効率的なやり方だ」

「べつにかまわないのでしょう。吸引ステーション三カ所すべての襲撃をひとつにまとめれば、ほぼ五十ギガワット時という、とてつもないエネルギー量を手に入れたのですから。ありあまるほどゆとりがある。海洋パトロールのロボット艇があらわれたとき、べつのかくれ場にうつらなければならないと知った。そこですでに貯蔵したガスをまた吐きだしたさい、なにか間違いがあったにちがいない。爆発が起こったのです」

「ちくしょう」ブルはうなった。「われわれはそいつの外見も、どのような攻撃をするかも知っている。しかし、見つけることができていない！」

インターカムが大音量で鳴った。悪い知らせだ。

「受信」ブルは腹をたてていった。

音響サーボが受信機のスイッチを入れた。ガルブレイス・デイトンがスクリーンにあらわれた。

「事件です」深刻な顔だ。「シシャ・ロルヴィクが一時間前に攻撃を受け、エルンスト・エラートが行方不明になりました」

＊

人はそれを不幸中のさいわいという。思考タンクへの夜の襲撃による人間の犠牲者は〝たったひとり〟だった。三十人近くのけが人が出て、建物もうもうと煙をあげる瓦礫の山がのこっているだけだが、襲撃場所を調査した専門家によれば、未知の攻撃者は物質的な損害を引き起こそうとしただけで、人間を殺そうとはしていないという意見でまとまった。犠牲者は直接の銃撃ではなく、落下してきた瓦礫の一部に当たって死んだのだ。

エルンスト・エラートの失踪は謎のままだった。ストロンカー・キーンの報告では、かつてのミュータントを最後に見たとき、力つきているようだったという。エラートはなにかのトラウマの影響でその場を去った、ある程度の時間がたてばまた姿をあらわすだろう、などと、みな自分をなぐさめた。しかし、翌日の昼になっても足取りがつかめず、深刻な事態を予想せざるをえなくなった。

エルンスト・エラートが誘拐されたという仮定は、妄想のように聞こえた。誘拐犯として考えられるのは闇のテロリストだけだ。エラートをどうしようというのだろう？殺してはいない……すくなくともシシャ・ロルヴィクやその周辺では。死体を数多くの捜索隊員が見逃すはずがない。つまり、犯人はエラートを連れ去ったのだ。どこへ？手がかりはない。未知者はきたときと同じように、いつのまにか消えていた。

テラニア・シティからガルブレイス・デイトンが現地に到着し、調査の指揮を引きうけた。ストロンカー・キーンは夜の襲撃の詳細を報告した。この事件で時間ダムが影響を受けなかったのは、ひとえにエルンスト・エラートの先を見通す慎重さのおかげである。予備のプシオニカーたちはその前に行動にうつっている。思考タンクへの攻撃がはじまったとき、すでに岩ドームの予備軍が時間ダムを支えていた。ぜんぶで三つある岩ドームの退避ステーションは、やはりエラートの考えで設置されたものだ。

二十四時間後、ガルブレイス・デイトンは成果なくテラニアにもどった。思考タンクの再建をすぐにはじめるように指示し、未知者の再度の攻撃にそなえて、プシ・トラストの予備軍をたえず警戒態勢におく。くわえて、エルンスト・エラートのテラ全土におよぶ捜索を命じ、住民に捜索に参加するよう強く要請した。

だが内心では、このようなやり方で成果が狙いどおりに出るかどうか、疑っていた。エラートの死体が発見されたという報告はない。時間がたつにつれて、まだ生きているという確信は強くなった。闇のテロリストに捕らえられたのだ。テロリストは捕虜を人目につかないところに置いているのだろう。エラートを解放するには誘拐犯のかくれ場を見つけるしかない。しかし、まったく手がかりがないため、それは絶望的だった。

　ペブルビーチの怪物はまたもや逃げおおせたのだ。

*

　グレク336はこのあいだに安全とはいえない道を行き、スプラトリー諸島にあるかくれ場へ向かっていた。三つめの最後のかくれ場を設置するさい、あらゆる事情を考慮して用心深くことを進めたのが功を奏した。このエネルギー貯蔵庫のすぐ近くにシンコウ島があった。ちっぽけな、荒涼とした岩の島で、もっとも高いところで海面から三メートルほどしかない。岩の内部には洞窟があった。その出入口は水面下二メートルの場所にひとつしかない。

　グレク336は捕虜の意識がすぐにはもどらないようにしていた。これほど遠い距離を運ぶのは大変だったからだ。もしこのテラナーが正気にもどったら、反抗的な態度をとるだろう。これ以上の面倒はごめんだった。

　フラテルクターを作動させて、意識のない者をやっと洞窟に運びこんだ。自然の斜路が、水中からたいらな岩の地面の一部分に向かってのびている。洞窟のなかの空気は新鮮で、驚くほど乾燥していた。髪の毛ほど細い裂け目が岩を突きぬけて数多くあるので、充分に換気ができるのだ。捕虜を調べて、武器を所持していないことをたしかめる。自分の〝肉体結合〟のなかの道具ブロックから、小型だが強力な投光器をはずして、一時しのぎに壁にとりつけた。自然がつくった横坑のひとつが、洞窟の奥から岩の島の奥へ二、三メートルつづいている。そこに、意識を失っている者を運んだ。

そこではじめて休憩をとった。頭が混乱していた。よく考えるために時間が必要だ。シシャ・ロルヴィクへの進撃が失敗だったのはとっくにわかっている。時間ダムは崩壊しなかった。テラナーはなぜか、自分たちに危険が迫っていると気づいたらしい。なにが起こったのかはすぐにわかった。プシ・トラストはテラナー数千人で構成され、そのほんの一部が決められた時間に時間ダム保持に従事し、のこりは予備軍となる。どうやら、こちらが攻撃するすこし前に予備軍の一部が活動をはじめたらしい。ドーム建物を砲撃したとき、すぐに気づいた。時間ダムはもうすでにべつの場所からの作業で安定していたのだ。

ひどく腹がたった。建物に侵入したとき、襲撃の数時間前に何度も聞いた声の持ち主を一時的に見失った。たぶん、苦境に立つ仲間を助けるつもりだったのだろう。ほとんど破壊しつくしたとき、やっとまた見つけた。弱り、疲れはてて、意識を失う寸前の状態だった。マークスは怒りでわれを忘れた。シシャ・ロルヴィクにおいて精神力だけでおこなわれている、忌まわしい騒ぎの責任者なのだ。この人間の悪行をやめさせるのが賢明だと思った。指導者がいなければ、プシ・トラストは崩壊するかもしれない。

だが、怒りがおさまってみると、自分の行為は意味がないとわかった。このテラナーをどうしたらいいだろう？　殺すことはできない。なにかしたわけでも、すぐ危険な存在となるわけでもないからだ。だが置いておけば、こちらの足取りをあっという間につかまれてしまう。いっしょに連れていくしかないが、かくれ場に運んだら面倒を見なければならない。時間ダムはすぐに消えてなくなりそうもない。指導者がいなければ時間ダムは崩壊するという計画は、思惑どおりにならなかった。

完全な失敗だ！　とほうにくれ、意気消沈した。あまりにいろいろなことをやりすぎたのかもしれない。テラナーは用心深く、しぶとい。肉体なき精神的なものに対するかれらの忌まわしい畏敬の念を、やめさせる自信がもうなくなってきた。しかし、それができないのなら、なんのためにテラにいるのか？　自分はたしかにヴィシュナと同盟を結んでいるが、それは自分がテラナーの精神化傾向と戦うさい、その援助があてになるかぎりにおいてだ。この動機がなくなれば、同盟もいらない。

無力感にさいなまれ、疲れて、打ちひしがれていた。捕虜は大丈夫だ。五時間は目がさめないだろう。

グレク３３６はここ数週間、数カ月、めったに味わえなかった贅沢を堪能した。眠りこんだのだ。

＊

レジナルド・ブルは自分のやりとげたことの意味を知って、自己満足の表情を浮かべた。

「いったい、なにごとですか？」ジュリアン・ティフラーは小柄でがに股の白髪の男を、あからさまな好奇の目で見た。ガルブレイス・デイトンとジェフリー・ワリンジャーも、なぜここに呼びだされたか、わからないようだ。

「この人はサム・マクピークだ」レジナルド・ブルはそういって、長年風雨に鍛えられ日焼けした顔の老人の肩を親しげにたたいた。「カリフォルニアで魚の養殖を手がけている。養魚池の谷と呼ばれるところだ。理由はかんたんにわかると思う」

「それはおもしろい」ジュリアン・ティフラーはサム・マクピークにほほえみかけ、「しかし、すぐにもっとおもしろくならなければ、わたしは仕事にもどりますよ」

「サム」ブルは老人をうながした。「なにを見たか首席テラナーに話すんだ」

サムは生来、ものおじしない性格だ。だから、しばしばニュースで名前を耳にする者たちを前にしても、平然としていた。咳ばらいをし、嬉々として話しはじめた。

「さて、ほぼ十日前のことでしたな。正確な日付はもうおぼえていません。というのは、その前にカワマスが大量に死んで、とてもあわてていたからです。損失はいうまでもないですが。

その日、朝早くいつものように池に行って、谷じゅう見まわりをしていました。すると突然、藪のうしろから〝人間！〟と呼ぶ声がしたんです。あなたがたはわたしの友アルバート・ゴードンをご存じかな。一日じゅうくだらないことばかり考えている男です。もちろん、アルバートがわたしをからかおうとしたのだとわかりました。そのとき、藪のうしろからあるものがあらわれた。高さ四メートル、小型潜水艦のようなかたちをして、風船のように空中に浮かんでいた。ただし垂直に……艦首は上、艦尾は下でね。ロボットか、あるいは宣伝キャンペーンかもしれないと考えました。しかし、その奇妙なものがなんといったと思いますね？　〝わたしはマークスだ〟と、いったんです！　驚いて卒倒しそうでしたよ。しかし、よく見るとまったくマークスとは違う。そのようには見えなかったし、酸素呼吸している。やっぱりアルバートがなにかやったんだと考えました。あの男がなにを考えるか、わかるはずは……」

サムは話を中断された。ジュリアン・ティフラーがレジナルド・ブルのほうを向いてたずねたのだ。

「この人はどうしてここへ？」

「北アメリカ西海岸地方のニュースで放送された呼びかけに応えたのだ。マークスが関わる最近の出来ごとについて、なにか知っている者はだれでもわたしのところにくるようにと。サムはその要請を聞くと、すぐに応じてくれた」

ティフラーは老人ににこやかにうなずいた。

「サム、きみは非常に重要な存在だ。ブリーがきっときみの話を記録する。われわれにとってとても価値があるから」レジナルド・ブルは承知したとうなずいている。「テラニアに滞在するあいだ、きみは宇宙ハンザのお客だ。なにか不手際があったら、わたしにいってくれ。自由テラナー連盟が面倒を見る」

サム・マクピークは感激していとまごいをした。かれの話をコンピュータに記録するため、技術者二名が部屋に連れていく。養魚池の谷の老人の姿が扉の向こうに消えるとすぐに、ティフラーがいった。

「これだけではないでしょう、ブリー？　あなたの顔にまだ余裕の表情がある。なにか理由があるのですね。奥の手をかくしている」

レジナルド・ブルはにやりとした。

「きてくれ」それだけいった。

＊

「あれがわが専門家たちだ」ブルは自慢げにいって、男女ふたりの若者をさししめした。

装置でいっぱいの部屋に浮遊して作業をしている多目的ロボットもだ。

「なるほど」ジュリアン・ティフラーはいった。「どのような方面の専門家ですか？」

「プシ・トラスト編成のさいに、ミュータントとほぼ同様の超能力を持つ男女が五人いたことをおぼえているだろう？」

「おぼえています」ティフラーは認めた。

「そのなかに、あのリンダとブラナーがいた」レジナルド・ブルはいった。「非常に顕著にテレパスのような能力を発揮する。で、ここにあるのは、われわれの技術の最高峰に当たるプシ・モデュレーターとプシ増幅装置だ」

「なにを考えているのかわかりました」首席テラナーはつぶやいた。

「そうだろうな」ブルは答えた。「われわれ、マークス種族が人間の持つテレパシーに敏感であることを知っている。この特殊なマークスが遠い未来からきたとして、種族の敏感さが保持されていることを願いたい。つまり、こちらからメッセージを送るのだ。敵対的ではないが、深刻な内容にする。いずれにしても、このマークスは人間ひとりの生命を奪い、かなりの数のけが人を出したことに責任があるのだから」

「どんなメッセージを送るつもりですか？」ジェフリー・ワリンジャーはたずねた。

「姿を見せ、エルンスト・エラートを解放し、われわれと話しあうように」

「さもなければ……？」ジュリアン・ティフラーはほほえんだ。

「〝さもなければ〟はない」レジナルド・ブルはかぶりを振った。「脅迫手段がないんだ。相手がどこにかくれているかさえ知らない」

テレパスふたりが訪問者に気づいて、近づいてきた。ロボットは作業をそのままつづけている。ブラナー・ニングスは外見的にはぱっとしない若者だが、話をはじめると、とてつもなく高い知的能力の持ち主とわかった。それに対してリンダ・ゾンターは、ひと目で利発な気性のはげしい印象をあたえる。かわいらしく、女らしい快活さのなかに、意識的にコケティッシュな面をのぞかせる。

「きみたちの能力の成果になにがかかっているか、知っているだろう」ジュリアン・ティフラーはいった。「未知者はシシャ・ロルヴィクの思考タンクを破壊し、エルンスト・エラートを誘拐した。動機はわからない。しかし、危険なことはまちがいない」

「最善をつくしましょう」ブラナー・ニングスは答えた。手を振って、おや指でリンダを指さした。「とはいえ、わたしの最善より彼女の最善のほうが上です。この仕事のおもな部分をリードするにちがいありません」

「心配いりません、首席テラナー」リンダはほほえんだ。「マークスをおとなしくさせて、みずからテラニアにやってくるようにさせます」

この予告が驚くようなやり方で実現するのを、だれも知らなかった。

7

エルンスト・エラートはいぶかしげにあたりを見まわした。かたい地面に横たわっている。前方のどこかに光が見えるが、自分のまわりは暗闇だった。空気は生暖かいが、新鮮だ。潮のにおいがする。どこにいるのだ？

燃えさかる思考タンクや、ストロンカー・キーンと瓦礫のなかから救出した若い女のことを思いだした。へとへとに疲れきって地面にすわり、崩落した建材にもたれかかったのはおぼえている。それから、とても奇妙なものがあらわれた……

光がさすほうから物音がした。からだを起こし、

「だれかいるのか？」と、たずねた。

「出てこい、テラナー」しわがれた声で、奇妙なアクセントの答えが返ってきた。

エラートはいぶかしく思いながらも、立ちあがった。いつになくからだが軽い。すばやく動くと、軽い目眩《めまい》がした。意識を失っているあいだにあたえられた薬の影響か。

横坑から出て、ひろい空間にたどりついた。地面は大部分がなめらかでたいらだが、

向かい側の壁には斜路が下にのびていて、さざ波をたてる真っ暗な水中につづいている。エラートはそのすべてをすばやく頭に入れた。しかし、本当に目を引いたのは、洞窟のまんなかに浮遊する奇妙なグレイの物体だ。それがなにか、すぐに思いだした。ほんのすこし想像力があるものだったら、小型潜水艦だと思ったただろう。長さが四メートルほどあり、垂直に立っている。艦首は洞窟の天井にとどきそうだった。

「なにものだ?」エラートはたずねた。「なんの権利があってわたしを拘束した?」

「わたしはグレク336」かすれ声が答えた。潜水艦の艦首部分中央から聞こえてくるようだ。

「グレク?」かつてのミュータントは驚いてくりかえした。「マークスか?」

グレイの繭《まゆ》のようなものは、酸素惑星の有害な環境から水素呼吸生物を守る外被かもしれない。しかし、なにかおかしい。潜水艦に似た本体はもっとも太いところでも直径一メートル。マークスの大きく張りだした肩を入れるにはあまりにちいさすぎる。

「原理主義マークスだ」答えが返ってきた。「きみたちがこの時代で知っているようなマークスとの類似点はない」

エルンスト・エラートは最初は混乱したものの、やがてあまりに異様なことに気づいたので、思わず息をのんだ。異人は〝この時代で〟といった。つまり、べつの時代からきたということか? ジェフリー・ワリンジャーがいっていたことが頭に浮かんだ……

クロングとパルスフの襲撃のさいに、未来からの物体がテラにやってきた、と。グレク336が、未来からきたその物体なのか？

「どの時代からきたのだ？」と、たずねた。

「娯楽惑星から逃走するさい、過去に墜落した」しわがれた声が答えた。「時間的にどのくらいはなれているかはわからない。きみの視点からは、未来からきたことになる」

「娯楽惑星？」エラートは驚いた。「それはどこにあるのだ？」

「アンドロメダ公安国にある。影マークスに追われ、間一髪で逃れた」

エラートはかぶりを振った。信じられないことをすべていっきに理解しようとしてもだめだ。混乱を急激にエスカレートさせたくなければ、まともに思えるものにたよるしかない。

「きみはわたしの第二の質問に答えていない。なんの権利があってわたしを誘拐したのだ？」

「その論理にはあらためるべきところがある、テラナー」異人は答えた。「この時代の住民と未来からきた者のあいだに定義できる権利はない。いっしょに連れてきたのは、きみが有害な行動をするからだ」

「有害な行動？」エラートは突然、怒りだした。「わたしは数カ月前から、陰険で無慈悲な敵からテラとその住民を守ることに専念している」

「もっぱら精神の力を使ってな」グレク336は抗議した。「肉体なき精神化をもとめる努力をあきらめなければ、どれほど恐ろしい運命が待っているか、知らないのか？」

エルンスト・エラートは未来からの者を驚いて見つめた。まず浮かんだ疑いは、相手は頭がおかしいのではないか、ということだ。自分はこういう者の気分と妄想に、なすすべもなく身をゆだねたのではないか。

「知らないな。きみがなんの話をしているかさえわからない」

「それを説明しよう」グレク336はいった。

＊

グレク336はもともとおだやかな心の持ち主だった。みずから〝肉体結合〟と呼んでいる生命維持共生体は、機械、エネルギー、合成構成物質、有機体の混ぜあわせだ。からだのどこを見るかによって、機械とも有機生物とも呼ぶことができる。情動はほとんど持たないので、本来ならば、感情をまじえず事務的な雰囲気のなかでテラナーと話しあえたかもしれない。しかし、マークス種族の呪いが妨げとなった。影マークスに関することや、肉体なき精神化を進化の前進ととらえる生物全般のこととなると、いきりたつ。

マークス種族の運命をテラナーに話して聞かせた。肉体と結びついた原理主義マークスが根絶の危険にさらされ、未来にはもう二十四名しかのこっていないいきさつを説明する。影マークスと名乗る者たちの無慈悲な迫害にあい、追放された。しかし、グレク336から見れば影マークスは真のマークスではなく、出来そこないだ。かれは可能なかぎり感情をまじえずにすべてを話した。テラナーはなんと答えたか？

「きみの種族の運命からべつの種族の発展の結論を引きだすことはできない。肉体化志向のマークスと精神化志向のマークスが平和的に共存できない理由はない。分裂が生じたとき、コミュニケーションの問題があったのだろう。もっとも、きみたちは指導者なしで発展したから、そのせいで混乱が生じたのかもしれないが」

「指導者だって？」グレク336は理解できずに質問した。「どの指導者について話しているんだ？　きみたちテラナーはだれかの指導のもとで発展したのか？」

「そのとおりだ」エラートはカリフォルニアのちいさな町キャトンにある人類学研究所が襲撃されたという報告を思いだしていた。だれがやったかわかった気がした。「きみは精神存在 "それ" について聞いたことがあるだろう、違うか？」

「ある」マークスは声をとどろかせた。

「"それ" は人類の指導者で、数十億名の肉体から分かれた意識の共同体だ。宇宙航行時代のはじめから、人類の発展は精神存在 "それ" のおかげをこうむっている」

「冒瀆だ！」グレク336は叫んだ。「きみのいっていることは真実に反する！」

「その反対だ」テラナーはしずかに答えた。「真実を拒んでいるのはそちらだ。わたしにはわかる」

「なぜ、よりにもよってきみにわかるのだ？」マークスは不審げにたずねた。

「きみが見ているわたしの肉体はわたしのものではない。借りものだ。いつもは肉体のない意識だけの状態で、〝それ〟を構成するほとんど無限に近い多くの意識のひとつなのだ」

グレク336はすぐに答えなかった。理性ではおさえられない怒りの洪水に押し流されそうになり、それと戦っていた。この人間を捕虜にしたのは正しいことだったかと、実際、疑問に思わなかったか？　正しいだけではなく、必要なことだったのだ！　目の前のテラナーは現宇宙に存在するすべての悪の化身だ。この男自身が精神化された存在であり、自然の発達における廃棄物だった。自然がかつておかした最悪の間違いの結果なのだ！

「きみは知らない」グレク336はいった。その声は暗く、さしせまったような響きがあった。「いまの発言がおのれの死刑判決だということを。きみを生かしておくわけにはいかない。きみは悪そのものの代表、マークス種族を滅ぼした不幸の権化《ごんげ》だ」

「そして、きみは大ばか者だ」テラナーは動揺せずに答えた。「わたしを殺してなにが得られる？　きみが滅ぼす肉体はどっちみち、わたしのものではない。しかし、わたしの意識はのこり、〝それ〟のもとに帰る。そんなことをしても、むなしいだけだぞ」

グレク336は反論しようとした。燃えあがる怒りが意識を支配した。自分の行動が道理にかなっているかどうか、むなしいかそうでないかは考えない。興味があるのはたったひとつ、精神化へのいかなる傾向も阻止することなのだと、しめさずにはいられなかった。上位存在〝それ〟のなかにもどりたいならもどればいい。人間はエラートの動かない客体を見つけて驚くだろう。

しかし、その機会はなかった。

異質な思考がマークスの意識の扉をノックし、立ち入りを許されるという栄誉に浴したのだ。最初の驚きで精神的なバリアが開いて、これを許してしまった。

〈マークス〉声が聞こえた。〈あなたは間違った道にいる。われわれはあなたの敵ではない。しかし、こちらに危害をくわえるのをやめなければ、敵としてあつかわなければならない。あなたはわれわれの仲間をひとり捕まえた。かれを引きわたしなさい。姿をあらわして、交渉しなさい。われわれ、意見が一致するでしょう〉

驚きで言葉を失ったまま、グレク336はこの声を聞いていたが、やがてまた怒りがわいてきた。テラナーはなにをしようとしているんだ？　精神の力で話しかけるとは！　この惑星のどこかに卑劣なテレパスがいて、暗示的な考えを浴びせかけてきた。メンタル・メッセージに内在する力を感じる。弱い者ならよろこんでそれに屈服するだろうが、自分にはお門違《かど》いだ。精神的なものすべてに対する嫌悪感で、どんなテレパシー・メッセージも受けつけないから。

メンタル・メッセージがくる方向がわかった。マークスは記憶に刻んでいた惑星テラ表面の映像を思い浮かべて、それが首都テラニア・シティから出ているという結論を得た。つまり、相手はどこかにいる任意のテレパスではなくて、きっと政府関係者だ。自由テラナー連盟と宇宙ハンザがこちらの存在に気づいたのだ!

自制心を失った。自分に対するふるまい方をテラナーに教えてやろう。たがいに理解しあおうとするならば、なぜ従来どおりのコミュニケーション手段を使わないのか?なぜよりにもよって、こちらに影響をおよぼそうとする不快な精神の力でなければならないのだ?

捕虜のほうを向いた。

「きみはここでは安全だ」きびしくいう。「わたしがもどってくるまで、逃げようなどと思うな。きみの思いあがった仲間を相手にしなければならない」

グレク336は斜路をおりると、音をたてて水に入った。独特の輪郭が深くもぐっていく。やがてその姿は見えなくなった。水平のポジションをとり、洞窟からは見えない海中の開口部をかなりの速度で抜け出ていく。

原理主義マークスがどうして突然この場をはなれたのか、エラートにはわからなかった。しかし、グレク336が非常に興奮しているのは感じていた。

＊

「こちらの予想では」ラクエル・ヴァータニアンはいった。「海底にかくれ場がすくなくとも三つあります。襲撃を受けたテラの吸引ステーションと同じ数です。ラマンチュリアでの襲撃を見れば、吸引ステーションを襲うたびに許容量のぎりぎりまでエネルギーを充塡し、できるだけ早くどこかにそれを貯蔵しようとしていることがわかります」

レジナルド・ブルはうなずいた。その仮説は当たっているかもしれない。

「かくれ場を探すべきだと思います」ラクエルはつづけていった。

「なんだって？」ブルは驚いて目をあげた。「三つのかくれ場はテラの海底のあちこちに分かれている。それを探すというのか？」

「そのとおりです」ラクエルは冷静に答えた。「グニールといろいろと話しあいました。わたしには専門的知識がないので。けっして当てもなく探すわけではないのです。到達するのがむずかしい深海の海域や、かんたんに見わたせるようなところは除外できる。同様に、氷結の危険がある海域も問題外です。マークスといわれている者のかくれ場は、とくに見通しがきくわけでもないものの、苦労せずに行けるところでしょう。頭を使った選択で、テラの海底のほぼ四十パーセントまで捜索域を限定することができます」

「それは、つまり……」レジナルド・ブルはすばやく暗算をした。「三億平方キロメートルか？」

「もうすこしひろいですが、捜索は自動化できます。発見するべきものは正確にわかっている。海底にふたつの洞穴がある場所です。かんたんな水中ゾンデがあればできます。数千個を投入すれば、数日で結果がわかりますよ」

レジナルド・ブルは不本意だったが、この若い女の考えがそれほど間違ってはいないことを理解しはじめていた。

「きみを特別担当官に任命したとき、これほど力を発揮するとは思っていなかった、お嬢さん。しかし、きみは正しい。チャンスを逃すべきではないな」ブルはいい、インターカムのスイッチを入れて選択ボタンを押した。ブザー音がした。「エネルギー泥棒対策の特別担当官ラクエル・ヴァータニアンに、テラの海底調査に関するすべてを指揮する全権をゆだねる」

「了解し、記録しました」コンピュータ音声は答えた。

ブルは目をあげて、意味ありげなほほえみを浮かべた。

「グニールとはうまくやっているか？」

「なんですって？」

「芝居がかったまねはやめてくれ。とてつもなく年をとった男を前にしているのだぞ。

きみがグニール・ブリンダーソンに惚れていると気づかなかったら、わたしには人があれこれいう価値もないかもしれない」

ラクエルはほんのすこし緊張をゆるめた。

「あの人はいまだに魚みたいに冷たいんです」そう訴えるようにいった。

「まだわたしが指示された仕事をしているのだろう?」ブルはたずねた。

「ええ。すくなくともそれは説得できました。かれほど海底の仕事をよく理解している人はいないわ」

「それはきみへのボーナスだと思えばいい、お嬢さん。北国の人間はあつかいにくいが、グニールが最後までがんばるというなら、きみにも望みがないわけではない」

ラクエルは立ちあがって、ためらうようにいった。

「もうこれで話はぜんぶ終わったと思います」

レジナルド・ブルはラクエルをやさしいほほえみで見送った。その背後で扉が閉まると、ため息をついた。

「年はとりたくないものだ。それとも、グニール・ブリンダーソンになるか」

半時間後、テレパスふたりが多目的ロボットとともにいる実験室を視察した。ブラナ―・ニングスが迎え入れて、衝立ふうの壁を指さした。その向こうにはプシ増幅装置とプシ・モデュレーターのセットがあった。

「リンダは仕事をしています」ブラナーは声をひそめていった。「彼女のメッセージの強さを感じます。これで成果がなかったら、驚きです」

ブルはそれに答えようとした。そのとき、手首のミニカムがあわただしく鳴ったので、スイッチを入れる。

「探知しました」興奮した声がいった。「問題の物体を探知スクリーンでとらえました。南東から町のはずれに向かって動いています」

「ごくろう」ブルは装置のスイッチを切り、にやりと笑うと、ブラナー・ニングスのほうを向いた。「きみのいったとおりだったようだ」

＊

マークスはすべての行動方法のうち、もっとも単純で明快なものを選んだ。テラナーはこちらがテレパシー暗示の影響下にあると思っている。その点を利用して、向こうの期待どおり、首都におおっぴらに近づかない手はないじゃないか？

いつもは非常におだやかなグレク３３６の心のなかで情動の嵐が吹き荒れていた。首都に近づけば近づくほど、受けるテレパシー・メッセージは強くなる。まずはその地域を、次にインパルスがくる建物を特定するのはかんたんだった。

テレパシー・メッセージを屈辱的と感じ、腹がたった。同時に、自分の決断にとまどっていた。これまでの慎重な行動をやめて、首都のまんなかで全力で敵を攻撃するとは。心のなかで自分には制御できない力が働いているかのようだ。間違いをおかすことはわかっている。手がかりをのこしてしまうだろう……これまでうまくかくしたと思っていたなにかを。しかし、選択肢はほかにない。やらなければならない。思いきった行動に出て、ただ精神のみの力ではこちらを制御できないことを、テラナーにしめすのだ。マークドールのすべての神々にかけて、原理主義者を敵にまわせばどうなるかを、見せてやる！

思考のはるかかなたに、感情の混乱の説明になりそうなある思いが浮かんだ。その思いをわきに押しのけようとしたが、頑固にくりかえし何度も浮かんでくる。海底でロボットを破壊してしまった。知性を持ちながら、この惑星で唯一、精神化傾向を持っていないと、はっきりといえる存在だった。それを破壊したことがトラウマになり、行動の矛盾を引き起こしたのだろう。

だが、弱みを認識したからといって、グレク336は前よりおとなしくなったわけではない。反対に、その認識が怒りをかきたてた。自分自身に腹がたった。テラナーの卑劣なやり方を懲《こ》らしめなければ、心はしずまらない。

巨大な町の郊外をこえた。眼下には首都テラニア・シティの光の海が見える。感覚ブロックの一セクターがしっかりとテレパシーの信号をとらえて、たどるべきコースを教えてくれる。光の洪水のなかから、大きくひろがる巨大な建造物群があらわれた。例のテレパスがどの建物にいるか、正確にわかる。それどころか、どの階にいるかもわかった。自分が平和的な目的できたのではないことを、そろそろ下にいる者たちは気づきはじめただろうか？

グレク336はフラテルクターを作動させると、攻撃を開始した。

8

ジェフリー・ワリンジャーは探知映像をむずかしい顔で見ていた。

「じつのところ、相手は通信連絡してくると思っていました」

円形のヴィデオ・スクリーンには、ほどよい速度で中央の座標軸に近づくひとつのリフレックスだけがうつっていた。探知装置はその異物体の独特なかたちの外殻に合わせて調整してあるので、ハンザ司令部の周辺を行きから数百の乗りものをフェードアウトして、興味のあるものだけをしめす。

「なにやら不純な意図があるといいたいんじゃなかろうな？」レジナルド・ブルはにやりと笑った。

「まだ、そうはいいません」ワリンジャーは〝まだ〟に独特のアクセントをつけて答えた。「しかし、異人が〝どうだ、そちらの望みどおりやってきたぞ〟と、話しかけてきたら、ほらやっぱりと思うでしょうね」

「知ってのとおり、相手はエネルギー性の防御バリアを展開する能力を持っている」ブルはいった。「そのフィールドを作動させないかぎり、戦うつもりはないということ」

リフレックスはスクリーン上を大きく動いた。すべての受信機にスイッチが入っている。通信技術関係の者は全員、異物体からのメッセージがないかくまなく探しているが、どの装置も沈黙したままだ。多目的ロボットは部屋の奥で停止状態のまま浮遊している。ブラナー・ニングスもそこでくつろいでいて、リンダ・ゾンターと交代するために呼ばれるのを待っていた。

数分間が過ぎた。異人は自分がどこに向かうか、正確に知っているらしい。ヴィデオ・スクリーンの中心に向かってまっすぐに進んでいる。距離はその時点でまだ二キロメートル半あった。

レジナルド・ブルは若い女の肩に手を置いた。

「きみの集中をじゃましたくないが」やさしくいった。「メッセージの内容を変えなければならないのだ。進んでわれわれのところにやってきたことに礼を述べ、連絡をするようにたのんでもらいたい」

リンダはうなずいて、あらたに集中するために目を閉じた。

「見てください！」このときワリンジャーが叫んだ。

ブルは探知映像をまじまじと見た。わずかのあいだにリフレックスの鮮明さが数倍になっている。その理由はひとつしかない。異人が防御バリアを作動させたのだ。

「ここにいる必要のない者は全員、出るんだ」ブルの声がとどろいた。「ブラナー、ジェフリー、早く行け！」

テレパスはおとなしくしたがった。しかし、ワリンジャーはその場から動かず、

「ばかなことを」と、友をたしなめた。「いまのところは、まだ……」

鋭い衝突音がその口から言葉を奪った。壁が震え、警報がうなりはじめる。

「これでわかったか？」ブルは叫んだ。「きみが正しかった。あいつはわれわれと戦うためにきたんだ」

リンダ・ゾンターは驚いて立ちあがった。目を大きく見開いている。まわりでなにが起きているのかわからないのだ。レジナルド・ブルは彼女の手をそっとつかんで、出入口に急いだ。

「これ以上ここにいてもしかたがない、お嬢さん」吐きだすようにいった。「相互理解の試みは失敗だった」

ワリンジャーがあとからやってきた。通廊では焦《こ》げ臭い煙が三人を迎えた。

「右です」科学者はせきたてた。「わたしのラボへ……転送機に……」

*

グレク336にとっては驚くほどかんたんだった。

テラナーは、自分たちの思いあがりを罰する者がくる可能性を予測していなかったようだ。フラテルクターを作動させる直前、突然テレパシーによる通信が弱くなり、数秒間まったくとぎれた。やがて、探りを入れるような暗示がまた意識に手をのばしてきたが、攻撃を開始すると、すばやく引っこんだ。

もっと効果的な抵抗があると予想していた。人間も、こちらが友好目的できたと思うほどばかではないだろう。ブラスターと分子破壊銃で攻撃を開始する。建物の壁が赤熱し、ガスがたちのぼりはじめたとき、実際、テラナーは防御のための砲火を開いた。しかし、混乱しているようだ。戦闘を指揮する者がおらず、どうしていいか本当はとまっているのではないか。

まずは浮き沈みしながら砲撃をかわすのを楽しんだ。それに退屈すると、あっさりフラテルクターでビームを吸いこむ。こちらへの攻撃は小型から中型の武器だけだ。その効果を、グリーンに光るエネルギー・フィールドがかんたんに無力化した。

建物全体を灰燼《かいじん》に帰してしまうほうが、楽だったかもしれない。建物が〝ハンザ司令部〟と呼ばれる複合施設の一部であることは知っていた。それが一階ごとに崩れていくのを見て、しばらく心に残酷なよろこびがひろがった。絶望したテラナーが炎をあげる窓から飛びおりるのを見るのが楽しく、一種の恍惚《こうこつ》感にとらえられる。いつものグレク336らしくない行動だった。以前はけっしてむやみに破壊したり殺したりはしなかった。しかし、またしてもほかに選択肢はないという感情があらわれた。まだ抗《あらが》えない力の影響下にあったのだ。礼儀正しい原理主義マークスは、化けものになっていた。

ようやく心の暴走はとまり、新しい考えが浮かんだ。テラナーに強い恐怖心をあたえはしたが、テレパシー性暗示インパルスという恥ずべきトリックを使った責任者をかれらの城塞のまんなかから誘拐したら、どれほどパニックになるだろう？　どっちみちもう、ひとり捕虜にしていて、その面倒を見なければならない。ふたりか三人増えたとしても、たいした負担にはならないだろう。

いずれにしても戦術の変更は成功だった。最初は混乱したものの、テラナーたちは秩序と組織に対する気持ちをとりもどしたようだ。こちらへの攻撃ははげしさを増し、大型兵器が投入された。感覚ブロックの探知メカニズムが、襲撃場所に複数のグライダーが近づいているのを確認する。

この攻撃で最後にしようと決心した。撃つのはやめて、燃えて煙をあげている建物に向かう。こうしてテラナーをまた混乱させた。しっかりとした壁の向こうで当面は安全だと思いこんでいる者をおびきだそう。テレパシー・インパルスがくる部屋がどこにあるか、数メートル単位で正確に知っている。人間の精神から出るシグナルは数分前から沈黙していたが、自分が探している者たちはいまだにそこにいる。嫌悪感をもよおさせる騒ぎがくりひろげられたその場所に。

崩壊寸前の建物の物質を、分子破壊銃の幅ひろいビームがとらえた。グレク336が最後の攻撃をしようとして身がまえたとき、壁と地面が揺れた。

＊

三人はもうもうたる煙と炎を抜けて前進した。警報はとっくに鳴りやんでいた。エネルギー供給はとまり、照明が揺らめいている。あちこちで非常灯がすでについていた。しかし、光は弱すぎて、ぶあつい煙にかすんでいる。出口のないシャフトから叫び声が響き、巨大な建物の通廊では死者が出ていた。

こんなことが起こるはずはない、と、レジナルド・ブルはぼんやりとした頭で考えた。ハンザ司令部のどまんなかで、テラニアの中心部で。ありえない！

ジェフリー・ワリンジャーが先頭を引きうけ、通廊の交差点で右に曲がった。まだ曲がりきらないとき、目の前で落雷のような音がして、光がはしった。熱風を受け、ぴったりとあとからついてきていたレジナルド・ブルとリンダ・ゾンターのところに飛ばされたが、気力を振りしぼって立ちあがった。手で顔をなでると、焦げた眉毛がぱりぱりと音をたてて落ちた。

「ここは通りぬけられない！」ものすごい騒音だったが、負けじと叫んだ。「きたところにもどりましょう」

振りむくと、背後で……数秒前はそこをめざしていたのだが……建物の一部が大音響とともに崩れ落ちている。レジナルド・ブルはリンダを引きよせて、心配そうに見た。リンダは目を赤くして涙を流し、息を切らしていた。

「大丈夫か？」ブルはたずねた。

リンダはあわててうなずくと、けなげにもほほえんでみせて、

「大丈夫と思うしかありません」と、口ばしった。

ブルはリンダの手をしっかりと握って、見失わないようにした。通廊は崩れ落ちた瓦礫で埋まっていた。たちこめる煙で肺がひりひりした。通廊だったところに不気味な薄暗がりがひろがっている。反重力シャフトの出入口の前を通った。赤い警告ランプが怪物の目のようにかすかに光っているが、シャフトは動いていない。

まったく安全だと信じていた……と、ブルは思った。自分たちがここテラニアのまんなかで危険な状況におちいるかもしれないなどと、考えたこともなかった。かれは頭にかなりの数のメモをのこした。改善しなければならないことがたくさんある。この混乱を生きのびたらの話だが……

障害物の数は減った。建物のなかでも砲撃による被害がすくない部分なのだ。動いていない転送機へ無理に向かおうとせず、実験室でただバリケードを築いていたほうが、はるかに賢かっただろう！

　扉のサーボ・メカニズムはもう動かない。ブルは腹がたって、壁にはめこまれているレバーのグラシット製カバーを引きちぎった。これで開閉が手動でできる。内部はまだ照明がついていた。建物のこの部分のエネルギー供給がどうして機能しているのか、だれも知らない。空気は清浄だ。うしろから煙が流れこむのを防ぐため、あわてて扉を閉めた。リンダ・ゾンターはシートのひとつに倒れこんで、動かない。多目的ロボットはまだそこにいて、騒音や振動にも冷静だった。ブラナー・ニングスは？　安全な場所に逃げたことを祈るしかない。

「耳をすましてください」ジェフリー・ワリンジャーはいった。

　レジナルド・ブルは頭をあげた。外壁がきしんでいる。壁のひとつか、あるいは屋根の一部が崩壊しているのだろうか。遠くの音が聞こえてくる。それ以外はしずかだった。

「パフォーマンスは終わったようだ」皮肉にいう。「やつは撃つのをやめた」

　探知装置はもうデータを送ってこない。なにが起こったのだ？　攻撃者は跡形もなく消えたのか？　ブルはあわててラダカムのところにいった。なにが起こったか、知る必要がある。

＊

　グレク３３６はテラナーたちをだました。かんたんだった。フラテルクターの作動を停止して、外壁の隙間から破壊した建物の上部へ侵入したのだ。近づいてくる防衛側は、自分たちに危険が迫っているのはわかっていたはずなのに、方向感覚が欠けている。どこに注意を向けていいか、わからないのだろう。

テラナーは自分たちの首都が攻撃対象となることをまったく予想していなかったのだ。建物のなかではこちらを探知できない。ただたんに消えたと思っただろう。マークスはセンサーであたりを慎重に探り、ようすをうかがった。遠くまでひろがる建物群の上にグライダーの部隊がいる。通信を傍受すると、混乱し興奮しているのがわかった。これを計算に入れなければならない。責任者たちを拘束したら、人質をとったと伝えるしかないだろう。こちらへの砲撃をあきらめる冷静な者が向こうにいることを祈ろう。

グレク336は待った。向こうの通信でのやりとりがしだいにあわただしくなっている。〝われわれはここで時間をむだにしているぞ。敵は跡形もなく消えた〟という通信を聞いたときは楽しくなった。

グライダー部隊のいくつかは引きあげた。もう攻撃者を捕まえられないと思ったのだろう。建物一階にロボットの一団が向かった。負傷者の救助だろう。医療ロボットは建物内に侵入して、逃げ遅れた者を探している。浮遊するプラットフォームが近づいてきて、多数のロボットが降りた。

決定的な攻撃に出るときだ。自分が誘拐しようと思っている者を、散開する救助部隊が発見するまでに、数分しかかからないだろう。

グレク336の大型分子破壊銃がまた威力を発揮しはじめた。幅のひろいビームが、瓦礫となかば崩壊した壁とはげしく揺れる床で混乱するなかを抜けていく。生きもののようなグリーンのビームが建物内部の奥まで突きぬけた。武器が効果を発揮したあとを、マークスはすばやく進む。外に出ると、また敵に見られたが、相手はまず救助部隊を引きあげなければ、ふたたび攻撃をはじめられない。これで時間稼ぎができた。

壁が目の前でガスの靄《もや》になった。インパルス銃のビームが音をたてて飛んできたが、わずか十五センチメートルほどそれた。絶望的な叫びがあたりに響きわたる。

グレク336は目的地に到達していた。

＊

「どういうことだ、非物質化したとは？」レジナルド・ブルはラダカムのマイクロフォンに向かってどなった。

「姿を消しました。消えたんです」保安員は答えた。「どこにもいません。装置はどれもほとんど反応しません」

「対探知の楯にかくれているのではないか？」

「その可能性は考えました。ロボット部隊がそちらに向かい、建物とハンザ司令部の複合施設をくまなく探します。どこかにかくれていたら、見つかるでしょう」

「だといいが」ブルはうなった。「そのあいだにすこし休ませてもらえるかな」

「準備します、ハンザ・スポークスマン。いまどこにいるのですか？」

レジナルド・ブルは扉の上の光る文字を見た。

「二十三階のＡ６ラボだ」

「その情報は全体に流れています」係員は説明した。「あなたたちを安全な場所に運ぶために、ロボットをそちらに向かわせます」

「よく考えろ」ブルは助言した。「ここでは突然なにかが頭の上に落ちてくるようなことはない。どこかで緊急にすべきことがある部隊をわれわれのために使うことは望まない」

「わかりま……」相手がいきなり中断したので、レジナルド・ブルは思わず耳をそばだてる。「ハンザ・スポークスマン？」

「聞いている」

「計器があらたな情報をしめしています」その声は緊迫し、とても興奮していた。「強いエネルギー性エコーです。どうやら……動いている……なんてことだ！　気をつけてください！」

背後で大きな音がして、レジナルド・ブルは振りむいた。壁の一部が埃と煙になった。

亡霊めいた薄いグリーンの光が隣室から見えてくる。浮遊する奇怪なかたちのものが、壁の隙間からさす光のなかにあらわれた。ブルは本能的に片手をホルスターのインパルス銃にのばした。武器が指のあいだにみずから滑りこんでくるようだ。

たちこめる煙のなか、まばゆいエネルギー・ビームが突きぬける。〝的をはずせ〟と、理性の声がした。ブラスターのグリップを強く握りしめる手がほんのすこしわきに動く。

しかし、指は引き金を引くのを拒否した。もはや筋肉は脳からの命令にしたがわない。轟音とともに奇妙な振動が部屋を満たした。感覚の麻痺が四肢にはいあがってきて、動けなくなったのに気づいた。奇怪な物体が壁の隙間を通って浮遊してくるのを、なすすべもなく見る。リンダの驚愕の叫び声が聞こえた。

目の前で白く輝く稲妻のようなものが光り、刺すような痛みが頭のなかをはしった。

それから、なにも感じなくなった。

＊

その男は打ちひしがれたようすだった。ジュリアン・ティフラーは勇気づけるようにうなずいてみせて、

「悪い知らせだな」と、いった。「聞かせてくれ。きみたちができるかぎりのことをしたのは知っている」

「われわれ、足取りを見失いました」男は答えた。「半時間前から探知シグナルをもはや受信できません。未知者は西安近辺の人口密集地帯を低空飛行して、町の混雑にまぎれこみました。問題なく測定できた最後のシグナルは、西安の百九十キロメートル西にある宝鶏のあたりからです。それからは……なにもありません」

首席テラナーの大きな執務室の壁のひとつに東アジアの大きな地図が投影されていた。まばゆい真っ赤な光点はテラニア・シティの場所をしめしている。男があげたふたつの町の名前をティフラーがくりかえすと、さらにふたつの光点が地図上にあらわれた。

「テラニアと宝鶏を線で結び、その線を地図のはしまでのばせ」ティフラーは映像を制御しているコンピュータに命令した。

オレンジ色の線が出てきた。中国南部、香港のあたりの海岸をこえて、おおよそ南東方向の南シナ海に向かっている。

ジュリアン・ティフラーは考えた。異人は捕虜三名を連れている。正確にいえば四名……レジナルド・ブル、ジェフリー・ワリンジャー、リンダ・ゾンター、それに多目的ロボット一体だ。明白な理由により、異人がテラニアから出ていくのを黙認するしかなかった。捕虜の生命に関わるので追跡は思いとどまったのだ。どのくらいのエネルギー備蓄があるのか、どのくらいの飛行能力があるのかはわからないが、荷物を引きずっていては動きにくいだろう。最短コースで目的地に向かったことはだれが見てもたしかだ。

目的地はオレンジ色の線上のどこかにある。それが大陸にあるとは、ティフラーには思えなかった。

「海南島とルソン島にある探知ステーションすべてに警告を出せ」ラダカムのそばにいる男に命じる。「東経百十度から百二十度、北緯十度から二十度におよぶ一帯を即時に封鎖するのだ。飛行物体はすみやかに封鎖地域からはなれ、船舶は錨《いかり》をおろし、すべてのエンジンをとめること」

意気消沈していた男の顔がほんのすこし明るくなった。神よ、このような状況でなにをすべきか、それを知っている者がまだここにいる。

「すぐに伝えます」仕事への復活した熱意がはっきりとあらわれていた。

「これで捕まえられなかったらお笑いぐさだ」首席テラナーはうなった。

しかし、このとき男の顔はすでにスクリーンから消えていた。

＊

レジナルド・ブルは驚いて目を開けた。からだは重くはないが、ほんのすこし目眩がする。しばらく意識を失っていたのだ。身につけているはずの装置はすべてなくなっていた。あたりは明るい。ゆっくりと起きあがった。なにもないひろい洞窟にいる。どこにも出入口はないようだ……奥のほうにのびる暗い横坑が外に通じていなければ。やがて、斜路があるのに気づいた。ほとんど動かない黒い水のなかにつづいている。どこの製品だかわからないランプが洞窟の壁にまにあわせでつけてあり、あたりを照らしていた。

隣りにはまだ意識を失ったままのジェフリー・ワリンジャーとリンダ・ゾンターが横たわっていた。そのすこし先で、多目的ロボットが壁によりかかっている。どうやら停止しているらしい。横坑のひとつからかすかに引っかくような音がした。人影が暗闇からあらわれたので、驚いて目をあげる。スプリンガーのメルグ・コーラフェの姿だった。

「なんと、エルンスト・エラート」そうつぶやいた。「どうやってここにたどりついたんだ?」

「あなたと同じように、あまり快適ではない方法で」かつてのミュータントはにやりとして答えた。「たったひとつ自分を責めることがあるとすれば、あなたがた宇宙ハンザの幹部よりも早く、いまいましいマークスの罠にかかったことです」

「では、本当にマークスなのか?」ブルは驚いた。

「そのとおり。かれは自分のことをすべて語りました。聞いたら涙が出ますよ」

「いまどこにいるんだ?」

「わたしにはなにも相談していかなかったので」エラートはちゃかして答えた。「ここにはいないということしかわかりません。外に出るにはそこから水にもぐるしかない」

ブルの視線が多目的ロボットに向いた。計画が頭のなかでかたちになりはじめる。

「なぜ、かれはロボットを連れてきたのだろう？」ひとり言のようにつぶやいた。

「わたしの知るかぎりでは」思いがけず、エラートが答えた。「かれはなにか精神に問題がある。ロボットを偏愛しています。罪悪感をかかえているようです……タスマニアでロボット艇のようなものを破壊したことで」

「それは知っている」ブルはうなずいた。

ジェフリー・ワリンジャーが意識をとり戻した。話の最後は聞いていたらしい。

「かれはロボットのプログラミングを書きかえるつもりですよ」と、あわてていう。

「なんとかしなければ」

レジナルド・ブルは満足げな微笑を浮かべた。

「科学部チーフがいっしょでよかった。われわれ、すくなくともプログラミング能力ではひけをとらない」

そういうと、ブルはたずねた。

「ここはどこなんだ？」

「わかりません」エラートはいった。「熱帯地方のどこかです。斜路のところの水温は二十五度くらい。あなたがたは運ばれてくるとき、意識がなかったのでしょう？」

「壊れたランプのように頭のなかが暗かった」レジナルド・ブルはつぶやいた。「ロボットがなにか聞かされていれば、上出来だが」

「大きな希望は持てませんよ」エラートは警告した。「あのマークスはわれわれから見れば精神障害かもしれないが、甘く見てはいけません。すべてを記憶し、なにも見落とさず、すべてを考慮に入れて行動する。まるで……機械のようです。もしかしたら、だからロボットにぞっこん惚れこんでいるのでしょう」

ジェフリー・ワリンジャーは立ちあがって、両手でズボンのすそをはらうと、いった。

「さて、仕事にかかります。〝小人閑居して不善をなす〟と、母がよくいっていたもので」

プシオニカーの勝利

クルト・マール

1

壁のランプは冷たく無慈悲にあたりを照らしていた。むきだしの岩壁は高くそびえ、直径十五メートルほどのがらんとした洞窟をとりまいている。天井はドーム状に湾曲し、高さは五メートルほど。奥には二、三の横坑が暗く底知れなく、深い岩につづいていた。先のほうは地面が斜路のようになっていて、さざ波が音をたてる暗い水のなかに沈みこんでいる。水は温かく、塩辛かった。それは確認ずみだ。この牢獄はどこか熱帯地方の海底にあることはわかっている。

レジナルド・ブルが〝虐待者〟と呼ぶ者は、数分前に斜路をくだって、姿が見えなくなった。未来からきたマークスで、グレク336と呼ばれ、小型潜水艦の格好をしている。驚くような能力を数多くそなえているが、すこし精神をやられているかもしれない。音をたてて水に飛びこみ、どこかに行ってしまった。洞窟のたったひとつの出入口は海底水路に通じている。どのくらいの長さか、だれも知らなかった。調べる機会はまだない。

ジェフリー・アベル・ワリンジャーは洞窟の奥でうずくまって、ロボットになにかしている。三人と一体は捕虜になっていた。グレク336がテラニア・シティのハンザ司令部を大胆にも襲撃したさい、捕らえられたのだ。ブル、ワリンジャー、リンダ・ゾンターと多目的ロボットだ。リンダはテレパスのような能力を持つプシオニカーの女性で、宇宙ハンザの依頼により、この不気味なマークスに自由テラナー連盟のメンバーへの協力をうながす試みをしていた。

自分たちがどうやってここに連れてこられたか、だれも知らない。意識を失った状態で誘拐されたのだ。ロボットは作動停止になっていたので、なにも記憶していない。洞窟にはかつてのミュータント、エルンスト・エラートがいた。数日前にシシャ・ロルヴィクから連れてこられたという。グレク336が捕虜を閉じこめてどうするつもりか、その説明はいくつかあった。しかし、どれも非常にばかげているし、こじつけに思える。

「そのうち、ここはかなり居心地が悪くなるだろう」と、レジナルド・ブル。エルンスト・エラートといっしょに斜路のいちばん上にしゃがみこんでいる。

「暗渠《あんきょ》のようなものです」エラートはうなずいた。「食糧はあたえられ、それで生きのびられるでしょうが、それ以外のことはすべてあきらめなければ」

レジナルド・ブルの視線は洞窟の壁に沿って動いた。リンダ・ゾンターはできるだけ居心地よくしている。足をのばし、背中を壁にもたせかけて、完全にリラックスしているようだ。リンダは華奢《きやしや》でかわいらしい。無邪気さと天真爛漫な妖艶さがまじりあって、魅力的だ。ブルはリンダがくつろいでいるふりをしているだけだと、知っていた。より集中できるように、目を閉じている。同じ才能を持つべつのプシオニカーとテレパシー・コンタクトをとっているのだ。だが、成功する見込みはわずかだった。マークスは人里はなれたテラのどこかをかくれ場にしたのだろう。

リンダのテレパスのような暗示能力は最近になってはじめて見つかった。〝第二地球作戦〟において、数百万の人間がその精神力で太陽の反対側に偽テラと偽ルナをつくったときだ。当時、非常に強いプシオン能力を持つ数多くの参加者が確認されていた。ヴィシュナの攻撃に対して人類を守る計画に、引きつづき参加する意欲があるかどうか、一万人以上に声がかけられた。それがプシ・トラストである。プシオンの影響力によって宇宙のエネルギー流の向きを変え、テラ＝ルナ系のまわりを完全にかこむ空間断層をつくるのが目的だ。この断層は時間ダムと呼ばれる。声をかけられた者の多数が、この呼びかけによろこんでしたがうという意志をしめした。

時間ダムは数週間前にできて、ヴィシュナに対する効果的な抵抗手段として実証された。プシオニカーのなかには、テレパシーとテレキネシスの領域でほとんどミュータントと同じ力を持つ者もわずかだがいた。本人の了承を得て、かれらは集中的にプシオンの強化訓練を受けた。しかし、そのプシ能力の到達範囲はまだはっきりしていない。リンダ・ゾンターの思考が、プシ増幅装置やプシ・モデュレーターの助けなしでどこまでとどくか、だれにもわからなかった。

レジナルド・ブルは立ちあがって、ジェフリー・ワリンジャーのところへ歩いていった。科学者はほぼ卵形のロボットのカバーを一部とりはずして、熱心に作業している。マシンの基本プログラムを監視し調整するプロセッサーがむきだしになっていた。ワリンジャーは指先で探ってちいさなスイッチに触れ、プロセッサーの記録状況をしめすマイクロダイオードの一バッテリーが明滅するのを、注意深く見ていた。

「これまででもっとも恐ろしいプログラミング作業ですよ」ワリンジャーはブルがきたのに気づくと、うなるようにいった。

「成功の見込みはどれくらいだ?」ブルはたずねた。

「正確な数字が知りたいんですか?」科学者は気分を害したようだ。「かなり確信を持っている、いまいえるのはそれだけです。グレク336はこのロボットを自分個人のために改造し、われわれへの忠誠をすべて除去しようとしている。アシモフのロボット三原則と基本行動プログラムはしっかりと組みこまれていて、除去したり書きかえたりはできません。しかし、基本プログラムにアクセスできないよう、操作コードを変えることはできる。わたしが阻止しなければならないのは、それです」

「どうやってやるんだ？」

「アシモフ原則とその基本行動プログラムをいくつかの違った場所にコピイして、参照アドレスの指示をくわえます。マークスは急いでいるから、このロボットのプログラミングすべてを理解する時間はない。つけくわえた指示は見すごすでしょう」

「つまり？」

「ロボットはわれわれに対してこれから先も忠誠ということです。マークスの指示よりもこちらの指示が優先となる。もちろんロボットはグレク336への忠誠をよそおう能力も持っています」

「あとどのくらい時間がかかるんだ？」ブルはたずねた。

「半時間以内に終わると思いますが。なぜです？」

「この洞窟からつづいている海底水路を調べさせたい。それにはロボットが適当だ。ここから逃げだせるかどうか知りたいのだ」

ジェフリー・ワリンジャーは考えこんでから、顔をあげた。

「わたしがあなたの立場ならば、慎重になりますね」そう警告した。「エルンスト・エラートから聞いた話によれば、あいつは予測がつかない。水路を調べるためにロボットを送りだしたことを知ったら、ひどく腹をたてるでしょう。遠出のさいにマークスがどのくらいの時間ここをはなれるか、予測できるようになるまで待つのがいちばんいいと思います」

＊

〝あいつ〟はそのころ、しずかな南シナ海をかなりの速度で低空飛行し、捕虜がいる人里はなれた島に向かっていた。テラナーたちの生活必需品と食糧も運んでいる。触腕六本で食糧と飲料、衣服、殺菌消毒剤の入った容器をしっかりとかかえていた。数百キログラムの荷物を運ぶのは苦にならなかった。持っている輸送能力の十分の一にもならない。

夜、遠い町の大きなデパートの倉庫に押し入ったのだ。いつしか、テラナーの風俗や習慣にくわしくなっていた。捕虜に必要なものがどこにあるか、わかっている。

そもそも、グレク336は自分自身にもおかれた状況にも不満だった。二度、捕虜を捕まえている……一度はチベット山中のシシャ・ロルヴィクと呼ばれるちいさな町で、二度めはテラの首都テラニアで。そこへはテレパシーのようなものでおびきよせられた。両方とも深く考えず、とっさに行動した。その結果、捕虜という荷物を引きうけることになり、自由に行動できなくなった。この、人質にしたテラナーの生活必需品を手に入れる目的のためだけの行動が、その証拠だ。

本来の目的は、テラナーの極端な精神化傾向を阻止することだった。肉体なき精神存在への誘惑に無防備な種族を待ちうける運命が、どれほど恐ろしいものか、みずからの経験から知っている。偉大なマークス文化は崩壊し、滅亡への道を急ぐことになった。種族の一部が肉体から意識を切りはなし、完全精神存在になるという試みに傾倒していったからだ。こうして〝影マークス〟と呼ばれる者たちが生まれたのだが、かれらはもうマークスではないと、グレク336は思っている。肉体という種族のアイデンティティを捨てたからだ。

影マークスと肉体を持つ〝原理主義マークス〟のあいだには、ひどい反目が生まれた。数でまさる影マークスが優位に立ち、生きのびた原理主義マークスはわずか二十四名になった。グレク336もその一名だ。やがて、見つけた精神化傾向のすべてと戦うことが自分の天命だと思うようになる。

種族の運命が数千年先の未来にあるという事実には、どのような意味があるのだろう。グレク336は自然の力の気まぐれで偶然に、過去のテラに押し流された……あやうく影マークスの犠牲になるところだった、アンドロメダ公安国にある娯楽惑星をはなれて。恐ろしい運命から逃れたことがうれしかったし、肉体を持つ存在である自分を誇りに思った。そして、自分の種族を引き裂いた苦しみからこの惑星の住民がまぬがれ、生きのこれるよう、導くことをかたく決心したのだった。

いいかえれば、自分はテラナーの友だ。そのはっきりとした肉体性に驚嘆している。それなのに、なぜ捕虜にしたのだ？　わからない。グレク336は自分の行動の一貫性のなさに悩んだ。

テラナーがスプラトリー諸島と呼んでいるあたりの海の浅瀬の上を移動していた。めざす島まであと二十五、六キロメートルというとき、インパルスを感じた。そのインパルスは意識のなかで直接かたちをとり、ひとつの思考に変わった。みずからの辛苦を語り、助けをもとめて叫んでいる。グレク336のからだがこわばった。頭のなかで話しかけてくる精神の声……聞きおぼえがある。自分をテラニアに呼びよせた声だ。あのときと同じように、緊迫感を持つ強い暗示力が内在している。

あらたに怒りがこみあげた。またあらわれたのだ、あの精神インパルスが！　肉体を介さない精神力への集中がいかに有害であるか、まだテラナーが気づいていないことをあらためて知った。もっと悪いことがある！　インパルスは自分のめざす島の方向からくる。

フラテルクターを作動させた。からだのまわりを泡のようにかこむ、グリーンに光るエネルギー・バリアだ。しぶきをあげて水にもぐると、スピードをあげて、ぽつんと浮かぶ岩……テラナーがシンコウ島と呼ぶ島へ向かう。

＊

「気をつけろ！」エルンスト・エラートは叫んだ。　しずかだった水面が突然、　動きだし
たときだ。

リンダ・ゾンターは集中をじゃまされて、　思わず立ちあがった。斜路の下のほうが波
立っている。　細い潜水艦のようなかたちが見えた。暗い海から急にあらわれ、　垂直の姿
勢をとる。高さ四メートルのそれは洞窟内に浮遊してきた。触腕がグレイに鈍く光る外
被のなかに消えて、持っていたものが騒がしい音をたてて下に落ちた。　色とりどりの包
装紙につつまれた荷物があたりに散乱する。

原理主義マークスはどうやら非常に興奮しているらしい。交尾期の鹿が鳴くような声
を出して、触腕二本をリンダ・ゾンターにのばした。　若い女は真っ青になって、恐ろし
さに岩壁のところでかたまっている。どうしていいかわからないようだ。マークスの曲
げのばし自由な腕がリンダをつかみ、高く持ちあげた。

「おまえが悪いんだ」マークスははげしい怒りでうなった。「わたしはおまえのメンタ
ル放射をよく知っている。すでにテラニアからわたしに呼びかけ、罠におびきよせよう
とした。完全なる精神力が有害なことを知らないのか？　それが種族を消耗させ、文化
を破滅させることとも？　いや、きっと知っているだろう。　それにもかかわらず、その力

をくりかえし使っている。危険だ！　おまえは精神を肉体より優先させる者のひとりだ」

そういうと、リンダを前後に揺すりはじめた。プシオニカーは声もたてない。すべてがあまりに突然、身に降りかかったのだ。レジナルド・ブルは迫る危険を本能的に察知した。マークスはリンダを岩壁に打ちつけて、つぶそうとしている。ブルは下に散らばった荷物のなかで武器になりそうなものを、必死で探した。

そこに突然、まったく思わぬところから介入があった。多目的ロボットが近づいてきて、アーム一本を出すと、乱暴にあちこち動いている原理主義マークスの触腕の上に、なだめるようなしぐさで置いたのだ。

「あなたのしていることは間違いです」ロボットはいった。

「とっとと失せろ！」マークスは気が狂ったように叫んだ。「おまえの助言なんか必要としない」

「わかっていませんね」ロボットはしつこく主張した。「わたしはプログラミングにもとづいて、あなたの攻撃からその女性を守る義務を負っています」

「ばかじゃないか？」グレク336はどなりちらした。「おまえを調べたんだが、まったく武器を持っていない。わたしに刃向かうと、どうなると思う？」

「あなたから粉々にされます」ロボットはおちついて答えた。

「それは……それは……」

マークスの言葉がとぎれた。あわただしい腕の動きがゆっくりになって、触腕から力が抜ける。リンダは支えを失って倒れこんだが、すぐに跳び起きて、洞窟の奥で分岐している薄暗い横坑に走っていった。グレク336はあとを追おうとはしなかった。

原理主義マークスと話をしたと、エルンスト・エラートが語っていた。レジナルド・ブルはそれを思いだして、この瞬間にグレク336のハイブリッド理性のなかでなにが起こったか、わかったような気がした。このマークスはすべての完全精神存在を憎んでいる。知性に敬意を表するのは、それがかたちある物質とかたく結びついているときだけなのだ。ここにきてから数週間のあいだに、テラに存在する完全無欠な生命形態はただひとつという、とんでもない見解にいたったのだろう。それは、自分で考え学ぶ能力を持ったロボットだ。だが、よりにもよってそのようなロボットを、破壊してしまった。二、三日前、タスマニアの東、数百キロメートルの海底にあるかくれ場の出入口でばったり出会ったとき、反射的に行動したのだ。潜水艇のかたちをしたロボットの残骸を調べ、自分がなにをしたかを知ったとき、意識のなかでヒューズが切れたらしい。すくなくとも、エルンスト・エラートの説によるとそういうことだ。

その説がここで証明された。多目的ロボットはエラートと原理主義マークスとの会話を聞いていたのだ。原理主義マークスがもうロボットをあえて破壊しないことを知ったうえで、自分を粉々にさせるような提案をして、計画の実行を思いとどまらせた。リンダは救われた……すくなくともこの瞬間は。

苦痛に満ちた沈黙の数秒間が過ぎた。それから、マークスはいった。

「きみたちに食糧を用意した。好きに食べてくれ。しかし、節約してほしい。どれくらいこの洞窟にいることになるかわからないからだ」次にロボットのほうを向いた。「おまえはわたしといっしょにきてくれ、友よ。話さなければならないことがある」

手を振るようなしぐさの意味はだれにでもわかった。マークスとロボットは肩をならべて斜路をおり、薄暗い海のなかに姿を消した。

＊
「塩素だ」ジェフリー・ワリンジャーは不審げだ。「いったいどういうことだろう？」

三人はマークスが持ってきたものを調べはじめた。樽形の大きな缶ふたつには強い殺菌消毒剤が入っているようだ。

「科学者にしては奇妙な疑問だな」ブルがけちをつける。散らばっている容器と箱のまんなかにすわって、まわりに積んであるおびただしいものをせわしなく指さし、「ここにはきみのほしいものがすべてある。凝縮肉、野菜の缶詰、調理ずみの米、合成ジャガイモ粥《がゆ》、飲み水、牛乳、ほんのすこしのワインまである。ここは外部から遮断された洞窟だ。そこに女ひとりと男三人がいる。われわれがこれを食べたら……それでもきみは、なんのために消毒用の塩素が必要かとたずねるのか？」

「ああ」ワリンジャーはほんのすこし狼狽《ろうばい》し、このテーマに関してそれ以上なにもいわなかった。

「マークスはいったいロボットをどうするつもりなんだろう？」エルンスト・エラートはこの会話をべつの方向へ向けようとした。

「プログラミングを書きかえようとしている」ワリンジャーは答えた。

「できるのか？」ブルはたずねた。

「そう願っています。わたしの計画どおりになれば、かれには信じるものができる」

「かれら、もうどのくらい外にいますか？」エラートはたずねた。

全員の意識がもどる前に、マークスはすべての装置をとりあげていた。クロノグラフまで……

「一時間くらいかな」ワリンジャーはいった。「わたしの時間感覚はかなりいいんだ」

リンダ・ゾンターは引きこもった場所からまた出てきていた。ショックからなんとか回復したようだ。

「テレパシーでのコンタクトは当面とれそうもありません」ためらいがちな笑みを浮かべる。

「それでいいんだ」レジナルド・ブルは強調していった。「なにが自分のためになるかわかっているなら、プシオン能力は眠らせておくんだな、お嬢さん」

「そして、しばらくマークスを避けたほうがいい」ワリンジャーがつけくわえた。「わたしはエルンストと同意見だ。かれの精神には本当に障害がある。時間とともにおちついてくるだろう。それまでは、こちらは慎重に行動するのがいちばんだ」

「それに、ロボットのプログラミングを書きかえるつもりなんですよ」エルンスト・エラートが口をはさんだ。「つまり、ロボットはもう二度とさっきのように介入できないということ」

「それはどうだろう」科学者は応じた。「〝スペック〟は賢いからな。わたしが……」

「スペック？」ブルは混乱してたずねた。

「スペシャル・プロセシング・エンティティ・クラスCの頭文字です。プログラミングの一部ですよ」ワリンジャーは説明した。「その部分は変更したりブロックしたりすることができません。すくなくとも、スペックがそれをマークスに納得させてくれるでしょう。当然です、ロボットは人間に仕えるためのものなのだから」

斜路の下で音がする。ロボットがあらわれた。水滴を銀色の火花のように金属表面から飛びちらせ、上に浮遊してくる。みなマークスも同じようにあらわれるものと思っていたが、水面に変化はない。ロボットはしゃべりはじめた。

「わがよき友グレク336はこちらへ向かっています。そのあいだ、わたしがあなたたちの監視を引きうけます。わたしの命令にはかならず即座にしたがわなければなりません。第一の命令は、横坑の出入口に荷物をうまく積むこと。第二の命令は、作業中ひと言もしゃべらないこと」

レジナルド・ブルはジェフリー・ワリンジャーの横顔を見つめて、

「かなりばかなスペックのようだが？」と、あきれてつぶやいた。

「しゃべらないこと」ロボットは脅すようにいった。

＊

「曖昧《あいまい》な信号がたったひとつです」ガルブレイス・デイトンはつぶやいた。

ジュリアン・ティフラーが北緯十度から二十度、東経百十度から百二十度の海域の封鎖を宣言してから、二十四時間が過ぎていた。レジナルド・ブル、ジェフリー・ワリンジャー、女プシオニカーひとり、そして多目的ロボットをテラニアから連れ去ったマークスを最後に探知したのは西安の西、宝鶏のあたりだった。マークスのかくれ場が大陸の人口密集地帯にあるとは思えないので、テラニアと宝鶏を結んだ線の延長にある、海南島と香港間の中国の海岸に捕虜を連れていくだろう。ティフラーは南シナ海のすべての警備部隊に、封鎖地域周辺での疑わしい探知信号をぬかりなく見張るように命じていた。

宇宙ハンザ内の安全を守るという使命を持つガルブレイス・デイトンは、部屋の半分を暗くして、地図を壁にうつしだした。フィリピン諸島があらわれ、赤い光点が動いた。

「パラワン島にあるビロングという町の西、二百キロメートルの海域です」デイトンはいった。「巡視艇《マリンバ》がまったくの偶然によって信号を確認しました。問題の物体は海面すれすれを移動していたため、コンタクトはわずか二秒間でした」

「速度は？　向かっている方角は？」ジュリアン・ティフラーがたずねた。

「時速二千キロメートル、コースはほぼ西」デイトンは答えた。

ティフラーは驚いて顔をあげた。

「なにかある、そうではないか？」

「ええ。マークスがテラニアからたえず南東の方向へ移動したことを考えると……なぜ突然、西にコースを変えたのか？」

「かくれ場の目印を見つける必要があるからだ」首席テラナーはいった。「突然のコース変更は、ビロングから西へ二百メートルの位置がかくれ場の近くであることをはっきりとしめしている」

「その信号を出したのが本当にマークスだったら、の話です」デイトンは注意を喚起した。

「ほかにだれがいるというのだ？　その一帯は封鎖されている。われわれの監視装置がほんのすこしでも働いていたら、正式に許可された乗りものの動きはすべて記録される。ビロングの西から動いてくるものがあるか？」

「いえ」

「そうだろう！」ジュリアン・ティフラーの声があらたな確信をうかがわせた。「われわれ、手がかりを見つけたようだな」

「どうするのです？」デイトンはたずねた。

「よく聞いとけよ」ティフラーはいって、にやりとした。いまだにすこし、第三勢力の宇宙アカデミーにいたころの無邪気でシャイな青年のように見える。二千年以上におよぶ経験がこの若々しい男におびただしい知識を授けたことを感じられるのは、用心深くたえず探るような褐色の目に気づいた者だけだろう。「連絡だ！」ティフラーは叫んだ。インターカムが作動すると、つづけた。「エネルギー泥棒対策の特別担当官と会って話したい。通信経由ではなく、ここ、わたしの執務室で」

「要求を伝えます」ロボット音声が答えた。インターカムは自動的に切れた。

「ラクエル・ヴァータニアンを送るつもりですか？」ガルブレイス・デイトンはたずねた。

「そのとおり」ティフラーは答えた。「よろこんでやってくれるだろう。有能な女性だ。

ハンザ司令部のかたづけ作業はどうなっている?」

マークスはテラニア攻撃のさい、宇宙ハンザの研究棟をひとつ破壊した。独自の研究をおこなっているところだった。そのさいに数名が命を落とし、数多くの負傷者が出た。その建物にはレジナルド・ブルとプシオニカーふたりがいて、テレパシーを使った説得により異人の素性を明らかにしようとしていた。マークスはこのような行動を明らかに侮辱と感じたらしい。こちらの期待どおりテラニアにきたが、当局と意思の疎通をはかるかわりに、ハンザ司令部を攻撃し、三人の人間を誘拐したのだ。

「問題ありません」デイトンはいった。「遅くとも二日後には研究棟はもとの姿になっているでしょう。急速建造方式で」

「シシャ・ロルヴィクでも同じように速く進んでいると思うが、どうかな?」

「思考タンクはもう完成しています」デイトンはほほえみながら答えた。「ストロンカー・キーンもあすには引っ越そうと考えているようです」

ジュリアン・ティフラーは満足げにうなずいた。プシオニカーたちが時間ダムの保持のために働いている〝思考タンク〟への攻撃が、異人の最初の破壊行為だった。目的は明らかに時間ダムを決壊させることだろうとテラニアの人々は思ったが、それは不成功だった。エルンスト・エラートが危険を察知し、ストロンカー・キーンとともにプシ・トラストの予備軍を招集したのだ。予備軍は退避ステーションのひとつに収容され、マークスが思考タンクを破壊しているあいだ、時間ダムの保守を引きうけた。とはいえ、異人がひとつやってのけたことがある。その晩以来、エルンスト・エラートが姿を消した。のちにレジナルド・ブル、ジェフリー・ワリンジャー、女プシオニカーが誘拐されたのと同様、やはり連れ去られたというよりほかに説明のしようがない。

ブザー音がした。ジュリアン・ティフラーの声で扉が開き、ラクエル・ヴァータニアンが入ってきた。エネルギー泥棒対策の特別担当官である。

ラクエルは血の通っている男なら思わず目を大きく見開きたくなるような女だ。すらりとしながらも、めりはりのあるからだつき。才能ある彫刻家が女性の美しさの讃美のために、生きた彫像をつくったようだった。黒い髪が柔らかいウェーヴを描いて肩まで垂れ、大きな黒い目はあふれるほどの知性と好奇心でこの世を見つめている。ハイパーコン・エネルギー供給のさいに万事きちんとおこなわれているかどうかたしかめる、国家エネルギー査察官の職務についていた……つづけざまにハイパートロップ吸引ステーションが攻撃されるまでは。いまではすべてが謎のマークスのしわざとわかっている。ラクエルはそのテロの一現場にいあわせ、その間の一連の基本データを記録していた。そのため、エネルギー泥棒対策の特別担当官に任命されたのだ。持ち前のエネルギーとアイデアの豊かさで役割をはたしている。

「なにか重大なことがあったのですか？」ラクエルは男ふたりにほほえみかけた。

ジュリアン・ティフラーは投影された地図を指さした。

「手がかりを見つけた。どう思う、ラクエル？　われわれの仕事でも《アルセール》を使えるか？」

「グニール・ブリンダーソンは毎日、報酬を受けとっています」ラクエル・ヴァータニアンは答えた。「それがもらえるかぎり、こちらのいうことを聞くでしょう」

ティフラーは点滅する赤い点の方向に光る矢印を動かした。

「ここがわれわれがつかんだ足取りだ。スプラトリー諸島のまんなかで、潜水艇には適切な場所ではない。浅瀬ばかりだが、それでも多少の成果はあるかもしれない。出かける気があるかね、ラクエル？」

「《アルセール》で？　もちろんです」ラクエルは答えた。

2

三人は半時間せっせと働いた。かれらが〝スペック〟と名づけたロボットの指示は容赦なく、いかなる反抗も、休憩時間をはさむことも許さなかった。ただ、リンダ・ゾンターは例外で、休憩を許可された。ふたつある塩素容器のひとつを足の上に落としてしまったときだ。

ところが半時間後、スペックはいった。

「もうやめていいでしょう。われわれは安全です」

かたい凝縮肉のつつみを横坑のわきに積み重ねていたレジナルド・ブルは、振りむいた。

「なんだ急に、ばかロボット？」怒ってうなるようにいった。

「ほっときましょう！」ジェフリー・ワリンジャーが洞窟のべつの側から叫んだ。「ただ、義務をはたしているだけですから」

「それで、その義務とは？」ブルは腹をたてている。

「グレク336が近くにいたんだな？」ワリンジャーはロボットに向かってたずねた。

「はい。上の岩にすわって、わたしがあなたたちをどうあつかうか聞いていました」

「なるほど。それで、もうどこかへ行ったのか？」

「触知インパルスのようなものをもう感じません。どこかへ行ったと思います」

「なんだって？」レジナルド・ブルは叫んだ。「すべての作業指示は、ただの……」

「芝居ですよ」ワリンジャーは補足した。「グレク336はおまえのプログラミングを書きかえた、そうだろう？」

「はい」

「大変な手間をかけていました。かれの知識ははかりしれません」スペックは認めた。

「しかし、あなたの事前の配慮が功を奏しました」

「たしかだな？」ワリンジャーは疑るようにたずねた。

「いいだろう。それならこっちへこい。調べてみよう。おまえの基本プログラムがまだ安定しているか知りたい」

ロボットはみずから進んで科学者のほうに浮遊すると、岩だらけの地面にそっとおりて反重力フィールドを切った。ワリンジャーは手を振ってもういいといった。

「おまえのいっていることは本当だとわかった。むだな労力ははぶこう」

ロボットはフィールドをふたたび作動させ、浮きあがった。

「ありがとうございます」と、人間のようにいった。

「すべて計画どおりということか？」ブルはたずねた。

「トリックは成功しました」ワリンジャーはにやりとした。

「われわれの友スペックは以前同様、基本プログラムとアシモフ原則にアクセスできます。マークスはロボットをいじりまわしたものの、望んだ成果を達成できるかどうか確信がなかったから、岩の上でかくれて待ち、スペックがわれわれにどのような態度をとるか、しばらく聞いていたのです」

「だから、しゃべることを禁止しました」スペックはいった。「真実が明るみに出るような質問をするかもしれませんから」

「わかった、スペック」レジナルド・ブルは寛大にいった。「外はどんなようすだ？」

「海のまんなかの寂しい岩山です。高さ三メートルもなく、まわりは海だけです」

「それで」ワリンジャーはせきたてた。「ほかにもなにか見たんだろう、違うか？」

「太陽が沈みかけていたので正確な測量はできませんでしたが」スペックは答えた。

「それに、マークスにたえず注意していなければならなかったので」

「それで、ここはどこだ？」科学者は待ちきれずにいった。

「わたしが正確に算定できるかぎりでは、北緯十度、東経百十五度」

「だから、それはどこなんだ？」レジナルド・ブルはうなった。

「テラの地図ならほぼ正確に頭に入っています」リンダ・ゾンターが口を開いた。「スペックがいっている場所はフィリピン中部の西の浅瀬の一帯です」

「なんと」エルンスト・エラートはため息まじりでいった。「地理の授業で習ったのをおぼえている。なにもない、だれもいないところだ」

「そういういい方もできるかもしれない」ワリンジャーはうなずいて、がっかりしたようにいった。「つまり、われわれはほぼ……計算してみると……」

「三千七百キロメートル」スペックがいった。

「そのとおり」ワリンジャーは口をはさんだのがロボットだとは気づかない。「三千七百キロメートルもテラニアからはなれている。そのテラニアに、リンダがテレパシーでコンタクトできるかもしれないプシオニカーはたったひとりだ」視線を若い女に向けた。

「そうなると、すべてかなり絶望的になる、そうではないか？」

「ストップ！」レジナルド・ブルは命令的な口調でいった。「きみたちはみな、あることを見落としているぞ。ＬＦＴか宇宙ハンザが、あるいは両方が、とっくにマークスの手がかりをつかんでいる。そうだとすると、テレパスの才能を持つプシオニカーを捜索地域に連れてきているだろう」

リンダの目が希望に満ちて輝いた。

「ためしてみます。いま、すぐに」

「ちょっと待て」ワリンジャーは大声でいって、慎重さをもとめるように手をあげた。「スペックの話をもっと聞こう。マークスはおまえのプログラミングを書きかえたと思いこんだのだから、なにか打ち明けなかったか？」

「手がかりはあります」ロボットは答えた。「マークスはわたしに、海底に設置したエネルギーのかくし場所が三つあると話しました。また、完全精神存在という、わたしには理解がむずかしいものすべてに対する憎しみについて話しました。たぶん、さらに打ち明け話をすると思いますが、これまでまだしていません」

「なるほど、わかった。それ以上のことがわからないかぎり、リンダはプシオン能力を使うべきではないな」と、ブルは決定した。「あとひとつ質問だ、スペック。洞窟から出ている横坑はどのくらいの深さで、どのくらいの長さなんだ？」

「深さ二メートル、長さは四十メートル」

レジナルド・ブルは驚いたようだ。

「四十メートル？」そうつぶやいた。「かなりの距離だ。だれかためしてみたい者はいるか？」

だれも手をあげなかった。

「わかった」ブルは決心したようだ。「当面はスペックが、われわれのたったひとつの外界との連絡手段だ」

＊

《アルセール》は南シナ海の波に揉《も》まれていた。その太く不格好な艇体は水上航行用ではなく、深海での潜水航行に適しているのだが、このとき、海底まで五十四メートル。あまり深くもぐる必要はない。

天気はますますよくなっていた。軽く靄《もや》のかかった空から熱帯の太陽がさしている。まわりでは魚が跳びはねる。水中にいるのがもう耐えられないかのようだ。艇にはたいらなせまいデッキがひとつあるだけで、二重外殻のほかの部分は潜水艇独特の湾曲したボディにぴったりとついている。水中航行での摩擦抵抗を最小限に減らすためだ。

ラクエル・ヴァータニアンはせまいデッキの上に寝椅子を置いていた。サンオイルで光る肌を数平方センチメートルのビキニでつつみ、南国の太陽に身をゆだねている。この姿を見た者は、彼女がどうやらリラックスすることだけを考えていて、この世にたったひとつの心配ごともないように思うかもしれない。

しかし、ラクエルに関しては、それは思い違いであることが多い。

考えているのはいま遂行中の任務のことではなく……それについての報告が入れば、もちろんすぐに思いだすが……自分が特別担当官として乗っている潜水艇の乗員たちのことだ。どのくらいの時間がかかるかだれも知らない今回の任務のあいだ、友となり同僚となる三人について考えていた。

友？　ひかえめで寡黙で頑固な北国の者たちを、そう呼んでいいかどうかわからない。たとえば操縦士のジャルア・ハイスタンギアだ。百四十歳くらいの男で、魚のように無口で、気質はナマケモノだが専門分野にはくわしい。フリーヤ・アスゲイルソンがいうには、ジャルアほどすぐれた潜水艇操縦士はいないそうだ。四十歳手前のフリーヤもやはり乗員のひとりで、背が高く完璧なスタイル、ブロンド、青い目……ブリュンヒルデという名前のほうがふさわしいかもしれない。思わず振りかえりたくなるような外見にもかかわらず、セックスアピールはほとんどなかった。でも、このような視点で北国の若い女を見るのは間違いかもしれない。ほかの女の性的魅力について判断するのはむずかしいが、いずれにしても、自分がときどき話せるのはフリーヤひとりだけだ。

ラクエルは最初からフリーヤがライヴァルであるような気がしていた。《アルセール》内のすべてを牛耳《ぎゅうじ》る男、グニール・ブリンダーソンの関心をかけた競争相手である。かれは潜水艇の持ち主であり、艇長だ。スコップのような手をした巨大な男で、ラクエルはひと目で夢中になった。なにそれほど引かれるのかはわからない。バイキングのような外見か、プライドの高い冷淡さか、あるいはこちらに目もくれないことか……

それは出会ってからいままでなにも変わらなかった。グニールは非の打ちどころがないほど礼儀正しく、こちらのあえて大げさに驚くそぶりも、気にとめているかどうかさえ、わからない。

いつかきっと変わるわ。ラクエルは腹だたしくなって、デッキに持ってきた飲みものをひと口飲んだ。

そんなことを考えていると、ハッチの開く鈍い音が背後で聞こえた。振りかえると、フリーヤの頭と肩が開口部から出てくるのが見えた。一瞬、その額にしわができる。ラクエルのわずかしかない衣装に眉をひそめたようだ。しかし、すぐに打ちとけた愛想のいいほほえみが浮かんだ。

「テラニアからあなたに連絡よ。だれかくるみたい」

ラクエルは立ちあがって自分の格好を確認した。一瞬ためらったが、結局かぶりを振った。

「ま、いいか」ひとり言のようにつぶやく。「この格好であらわれても、古い作業台に足が生えたようなふたりはなんとも思わないわね」

潜水艇の内部へおりていくと、ジャルアはほんのすこし眉間《みけん》にしわをよせた。サンオイルのにおいがいやなのかもしれない。通信の相手はガルブレイス・デイトンだった。

ラクエルの大胆なビキニ姿への反応を、その表情からうかがうことはできなかった。

「ラクエル、そこに五人めの要員を受け入れてもらいたい。男性だ」

聞き捨てならない言葉があった。

「男性ですって？」ラクエルはたずねた。「そんなものいたかしら」

デイトンはほほえんだ。

「ブラナー・ニングスという。テレパスの才能を持つプシオニカーだ。リンダ・ゾンターと息が合うらしい。リンダと連絡がとれるといいのだが」

＊

グレク336はひろい海を音もなく抜けていった。水が本当の意味での対探知の楯にならないことは知っている。宇宙航行技術における探知とはハイパーエネルギー性のプロセスで、集合体としての物質は感知しない。しかし、探知装置は限定した空間を毎回すみずみまで探査する。かれは、自分を探知しようとしている装置がアンテナを海中に向けていることに気づかなかった。

不安でいっぱいになった。このところ多くの失敗をして、自分が信じられなくなっている。破壊行為をしでかし、ロボット一体を殲滅《せんめつ》し、人間を殺した。すべては肉体ある存在の原則の名のもとに。それは正しかったのか？　唯一めざすべき発展のレベルは肉体ある存在だと思っているのに、そのことを人間にしめすために、肉体を破壊しなければならなかったのか？

パラドックスだ。腹だたしくなり、考えを頭のすみに押しやった。頭を悩ませなければばならないもっとだいじなことがある。この海域は徹底捜索の対象になるだろう。そうだ、探すにきまっている！　かくれ場が見つからないようにしなければならない。追っ手がどこまできているのか、調べるしかない。

センサーを作動させ、強い通信シグナルの多さに驚いた。ごく近距離から流れこんでいる。この場所はやっと見つけたのだ。危険な浅瀬と岩床と珊瑚礁があり、船舶航行のコースからはなれていた。それなのにいま、いっきにまわりじゅうに船がうようよしている。まちがいない。ついに追っ手がこちらの手がかりをつかんだのだ。

スプラトリー諸島の西のはずれに近づいている。岩床が目の前にあらわれた。珊瑚の死骸の塊りだ。水面から一メートルほど出ている。速度を落とし、割れ目のたくさん入った崖を慎重にゆっくりと高いところに移動して、入れるほどの隙間を見つけた。珊瑚礁の単調なグレイがイルトン外被の色と似ていて、周囲と溶けあう。追っ手が数十メートルまで近づいても、見つからないだろう。

エネルギー・ブロックを最小出力にした。これで探知の危険性を最小限にすることができる。センサーのほかに、受信したシグナルを解読する装置を作動させた。うるさいほど飛びかう大量の情報のなかで、目的のものを見つけるのにしばらくかかる。聞こえてくるものはたいてい、内容のないおしゃべりだった。時間をもてあました多くの船舶の乗員の退屈な会話だ。

しかし、やがてグレク336は耳をそばだてた。

「巡視艇《マリンバ》からポイント・パルアンへ。太平島のあたりをくまなく捜索した。まったく異常なし。やつはここにはかくれていない」

〝やつ〟というのは自分のことだと知って、心臓の役割をはたしている器官集合体の奥までとどく驚愕をおぼえた。ひろさ半平方キロメートルもない太平島は、シンコウ島のかくれ場から北にたった八十キロメートルだ！　この最初の通信連絡でこれほど驚いたのだから、第二の知らせでは自信が根底から揺らいだ。

「ポイント・パルアンから《マリンバ》へ。太平島のことはわかった。次はナムイエット島か？」

巡視艇《マリンバ》の受けた指示が突然わかった。スプラトリー諸島を北から南までくまなく捜索するのだ。三つの島……太平島、ナムイエット島、シンコウ島……が、それぞれ四十キロメートルはなれて一列に点在している。《マリンバ》はナムイエット島の周辺を見てまわり、なにも見つからなければ、すぐ次の目的地に向かうだろう。シンコウ島だ。

パニックにおちいった。なにかしなければならない。だが、かくれ場を引きはらってべつの場所を見つけるには時間がない。ポイント・パルアン……ポイント・パルアンはどこにあるのだ？　理性の有機部分に接続されたマイクロコンピュータの記憶バンクを検索する。

「ポイント・パルアン、こちら《マリンバ》。われわれはナムイエット島に向かう。二十分したら連絡する。以上」

ポイント・パルアン！　ポイント・パルアン！　記憶バンクにはポイント・パルアンのことはなにもない。パルアンという町に関する情報はある。ミンドロ島の北西端にある深く切りこんだ入江の町だ。ある計画が頭に浮かんだ。《マリンバ》がシンコウ島に向かうのを阻止しなければならない。巡視艇はポイント・パルアンの指示に応えている。そこの通信施設を使えなくすれば、《マリンバ》はこれからどうすればいいかわからなくなるだろう。

その考えしか思い浮かばず、それにとりつかれた。頭は完全にパニック状態だったからだ。ポイント・パルアンが機能を停止すれば、べつの管制ポイントが巡視艇の指揮を引きうけるということは、ふつうの状態ならすぐにわかっただろう。しかし、狼狽《ろうばい》している状態の混乱で、この関連に思いいたらなかったのだ。選択肢はただひとつしかのこっていなかった。指揮所と《マリンバ》との通信を妨害しなければならない。

このような非論理的思考から、テラを混乱の縁に追いこむ考えが生まれたのだった。

グレク336は岩の割れ目から滑りでた。エネルギー・ブロックがフル作動する。一秒もむだにできない。テラナーの追跡装置にもうじゃまはさせない。しずかな海面の数メートル上を移動し、十秒後に音速の壁を破った。かすかな衝撃波の音をさせながら、北東の方向に向かった。

＊

そのグライダーは《アルセール》の隣りに浮遊してきた。ハッチが開き、荷物がデッキの上に投げ落とされる。ラクエル・ヴァータニアンは寝椅子をとっくに移動していた。ビキニではなく、からだにぴったりとフィットした薄グリーンの作業服を着ている。開いたハッチのところに若い男がひとり出てきた。内気そうで、地味で、弱々しく見えた。慎重に潜水艇の表面にあるたいらなデッキまでの距離をはかっている。それから、跳びおりた。ラクエルは助けようと手を出した。若い男は着地が下手《へた》くそだった。ラクエルは男を腕に抱きとめた。

「おお」若い男はとまどって、ラクエルの手から逃れた。目を驚きで大きく見開いている。「あ……あなたは……」

「ラクエル・ヴァータニアンよ」彼女は男の手助けをし、グライダーの方向に手を振った。ハッチが閉まる。グライダーは浮揚し、かなりのスピードで飛び去っていった。

「あなたはブラナー・ニングスでしょう、違う？」

若い男はしきりとうなずいた。臆病そうなほほえみが顔に浮かんだ。

「プシオニカーです。専門分野はテレパシーです」

「もうリンダ・ゾンターとは連絡がとれたの？」ラクエルはたずねた。

男はラクエルを愕然として見つめ、

「ききたいのはそんなことですか？」と、抗議するようにいった。「いや。そのためには、しずかなかたすみに引きこもり、集中しなければなりません」

ラクエルはうなずいた。

「いっしょに下にきてちょうだい。ここにはしずかなかたすみが充分あるわ」

ふたりはハッチの開口部を抜けて潜水艇内におりていった。ブラナー・ニングスはグニールとジャルアからいつもの挨拶を受けた。グリーンランド人が誇るものすごい握力での握手だ。そのあとはもうブラナーはほうっておかれた。だが、フリーヤはこの若い男に興味があるようだ。背は彼女より頭ひとつちいさく、体重は二十数キロすくないが。ブラナーが立ちあがるときにフリーヤは手助けし、ちいさな艇内キッチンで食事を用意した。それを、ブラナーはありがたくいただいた。

ぜんぶ食べて立ちあがると、まわりを見まわした。

「どこに、わたしは……つまり……こもればいいのですか？」ブラナー・ニングスは不安そうにたずねた。

「いちばんいいのは自分のキャビンをもらうことね」ラクエルが提案した。

「いいえ」若い男は断った。「完全にしずかでなくてもいいんです。まわりに人が必要です。ただ、ほうっておいてくれれば」

「ちょうどいいところがあるじゃない」ラクエルは皮肉をこめていった。「そのテーブルのうしろよ。そこでいい？」

「すばらしい」ブラナーは大げさに見えるほど感動して答えた。

しっかりと固定されている回転椅子をまわして、正しい位置にすると、腰をおろした。テーブルに肘をついて、額を両手でおおい、目を閉じる。フリーヤとラクエルはそれを見ていた。

「わたしはほんのすこしの気分転換を楽しみにしていたんだけど」フリーヤ・アスゲイルソンは未練たらしくいった。

*

グレク336は着陸飛行方向からミンドロ島に近づくほど無鉄砲ではなかった。テラナーはもうどっちみち自分がどこかこのあたりにいることを知っている。これ以上ヒントをあたえる必要はない。大きく弧を描き、北からルバング島との海峡をこえて近づいた。

これまでに、あちこちで情報を手に入れていた。傍受した会話や信号から知ったことだが、パルアンの町の近くに比較的大きな管制ステーションがあり、南シナ海からベトナムをこえて中国沿岸までの交通を制御している。だが、この情報にはたいした意味はない。《マリンバ》との通信連絡をとめることだけが重要だ。

こちらの影はもう向こうの探知スクリーンにあらわれたにちがいない。未確認物体が北からパルアンに近づいているという、興奮した交信が聞こえてくる。自分への呼びかけもあった。テラナーは通信のはじめに多くの標準コードを使う。それには応えず、かわりにフラテルクターのスイッチを入れた。夜になっていたので、エネルギー・フィールドのグリーンの光が非現実的な明るさで闇を照らした。山並みが目の前に迫ってくる。それらを飛行してこえると、まばゆい光があふれる管制ポイント・パルアンの敷地が眼下に見えた。

驚いた。これほど大きくこみいった施設だとは想像していなかったのだ。《マリンバ》との通信連絡をとめたいが、密生する森のようなアンテナのどれがその役目をはたしているのだろう？　低層の円形建物が十数棟あり、行きから乗りものが見える。街灯で明るく照らされたひろい道を歩く人間も見える。迷いが生じた。もう人間を殺したくない。物的被害なく自分の意志を実現させることはできないかもしれないが、これ以上どんな命も奪いたくなかった。

センサーがある通信連絡をとらえた。興奮した人間の声がしゃべることを、解読機能が翻訳する。

「警報段階レッド！　くりかえす。全管制ポイント、警報段階レッド！　異物体が北から飛来中。ただちに交通封鎖する。すべての乗りものはもよりの駐機場に向かうか、その場をはなれよ。五秒後に戦闘を開始する」

グレク336は内的均衡の一部分をとりもどした。戦闘を開始するだと？　それならこちらもできる。すばやく西に回避した。テラナーは混乱するだろう。実際、攻撃がはじまったのは、すでに五秒以上過ぎてからだった。テラニアと同じような状況だ。人間は自分たちの惑星で安全だと感じていて、このような施設がいつかまともに攻撃されるとは考えなかったのだろう。防衛設備は不充分だった。最初の攻撃が赤熱《せきねつ》し音をたててエネルギー・ビームとなってはしるが、的は十メートル以上はずれていた。第二の攻撃はフラテルクターが苦もなく吸いこむ。

いまだ。はじめなければならない。インパルス銃と分子破壊銃を同時に使い、林立するアンテナを撃つ。このような夜をポイント・パルアンはこれまで経験したことがなかった。数分のうちに施設の管制機能はすべてとまり、南シナ海の大波の上でカオスがはじまった。

＊

「《マリンバ》からポイント・パルアンへ。陸上ではなにが起こっているのだ？　方位測定信号が送られてこないぞ！」

うしろのほうで、あわただしい音と大きなののしり声がする。

「なんてことだ、パルアンが応答しない。おい、ポイント・パルアン、こちら《マリンバ》！　オートパイロットがおかしくなった。方位測定がもうできない。よく聞くんだ、でくのぼう！　いいかげんに連絡しろ。われわれは危険な海域にはまりこんでいる。通信誘導なしで動きまわれるところではない……」

「サットコム3から南シナ海海域のすべての乗りものへ。これは自動アナウンスのため、質問は受けつけません。パルアン管制ポイントは原因不明の影響で機能しなくなりました。当該海域にいるすべての乗りものはただちに大ナトゥナ島を経由してアナログのデータ通信をおこなうこと。くりかえします。南シナ海海域のすべての乗りものはただちに通信を大ナトゥナ島経由に切りかえること。ポイント・パルアンは機能しません」

「おい、チャック……」

「どうした？」

「パルアンからまだなにも連絡はないか？」

「パルアンはだめだ。通信を切りかえるべきだろう。おい、あぶない！　左舷に注意しろ！　まっすぐ珊瑚礁に……」

きしむような音がして、大きな物体同士がはげしく衝突。またもや叫び声やののしりが聞こえ、弾《はじ》けるような雑音がした。

グレク336はラジオカムの《マリンバ》の周波をしだいに弱めた。いま聞こえたことで満足する。巡視艇は座礁した。もうシンコウ島の海域を監視するものはない。

べつの周波に耳をかたむける。ラジオカムを通じてあわただしく興奮した情報のやりとりが聞こえ、驚いた。助けをもとめる叫びや訴え、衛星通信、海から空へ、空から海への会話。マークスはしだいにわかってきた。ポイント・パルアンへの攻撃で《マリンバ》との通信が麻痺しただけではなく、はるかに多くの事故が生じたのだ。

南シナ海海域のすべての乗りものはパルアンから制御され、指揮されている。林立するアンテナに砲火を浴びせたとき、百五十万平方キロメートルの範囲の動くものすべてを混乱におとしいれた。すぐに大ナトゥナ島に切りかえれば混乱はなくなるというが、それさえも確実ではない。大ナトゥナ島にはそれほど多くの交通をいっきに引きうける設備があるのだろうか？

新しい管制ポイントを通過するデータが送信されはじめるあいだ、しばらく耳をすましていた。数多くのくりかえしと中断……すべて、秩序がばらばらになる前兆だ。半時間後、さらなる衛星通信放送があり、すべての飛行車輛は手動操縦に切りかえること、すべての地上車輛はすぐさま待機ポジションにつくことを指示していた。南シナ海海域の交通がさしあたりは麻痺したことは、これでよくわかった。

　おもしろい。人間を混乱させるのはかんたんだ。かれらはこれまで自分たちの世界を安全だと思っていたようだが、数多くの弱点がある。それを利用してやろう。自分を捜索している人間たちに考えさせるのだ。

　自分たちがなにを探していたかわからなくなるほどの混乱を起こしてやろう！

*

「きみから連絡がなかったということは、リンダとまだコンタクトできていないのだな」ガルブレイス・デイトンはいった。

　ラクエルはうなずいた。

「ブラナーは受信モードでいます。かれなりのプログラムを準備して。三時間なにも聞こえなかったら、送信モードにするそうです」

「ブラナーは自分が正しいと思ったとおりにすればいい。そのあいだに《アルセール》にやってもらいたいことがある」

「新しいデータですか？」ラクエルは訊いた。

「そのようだ。一時間以上前から、ときおり探知リフレックスに関する報告が送られてくる。捜索地域をすばやく動く物体のリフレックスだ。北緯十度、東経百十二度のあたりから、ミンドロ島の方向にまっすぐに向かっている」

潜水艇の操縦室の壁には大きな地図がある。ラクエルはたったいま聞いたデータを頭のなかで地図の上に置いてみた。

「調べてみるべきだと思います」

「そう願いたい。その物体を往路で捕まえるのにはまにあわないと思うが、もどってくるコース上で待ちかまえてほしい」

「もどってくると思うのですか？」ラクエルはたずねた。

「わたしはそれが例の異人、つまりマークスだと思う」デイトンは答えた。「マークスはポイント・パルアンに向かっていることをすべてがしめしている。われわれがどのように交通を制御しているか、かれは知っているのだ。パルアンを守る必要がある」

「ここのオートパイロットもそこからの信号を受信しています」ラクエルはいった。「ポイント・パルアンにいる者が注意していれば、きみたちが妨害を恐れる必要はない。そうでなければ……」

「うちの操縦士は有能ですから」ラクエルはほほえむ。ガルブレイス・デイトンが接続を中断すると、装置のスイッチを切った。ジャルアに向かってにやりとし、「さて、イトコルトルミットの人。テラニアの人がなんといったか聞いたでしょう？　出発してちょうだい」

ジャルア・ハイスタンギアの出身地、グリーンランド東部にある町の名はとてもややこしい。それを四苦八苦しながら発音し、友好的にふざけあうのが、日々のならわしのようになっていた。そもそも、ラクエルとジャルアが言葉をかわすたったひとつの機会なのだ。ジャルアはうなずいた。

「コースは設定してある」そういうと、オートパイロットにデータを入力しようと、古めかしい操縦コンソールの上でキイをたたく。「艇が……うわあ！」

はげしい衝撃が《アルセール》の外殻にはしった。ラクエルはわきにほうりだされ、ブラナー・ニングスは驚いて叫び声をあげる。どうやら精神集中をじゃまされたようだ。ラクエルはおちつきをとりもどした。エンジンは不自然に大きな音をたてているが、まだ動いている。ジャルアは必死でキイをたたいていた。すべてが外側方向に引っ張られるような力が働いている。《アルセール》が独楽《こま》のように回転していることはまちがいない！

「なんてこと、なにが起こったの？」ラクエルは叫んだ。

ジャルア・ハイスタンギアが興奮しているのを、ラクエルははじめて見た。

「オートパイロットにもうデータがない」ジャルアは腕を高く振りあげた。「どこに舵をとればいいかわからないんだ」

「ああ、チーフの予感どおりだったわ」ラクエルはうめいた。「ポイント・パルアンにいる者が注意していなかった……」

3

マークスは行ったりきたりしていた。どのような用事で出かけているかわからない。あまりしゃべらないし、外でなにをしているか、ロボットのスペックにも話さないのだ。それでも、グレク336の出入りはロボットの感覚を鋭くした。マークスがおもに前進に使っているエネルギー・ブロックの特定のエレメントは、ハイパーエネルギー・ベースで独特の信号を放射する。スペックはそれを分析し、八キロメートルの距離までなら原理主義マークスを探知できる方法を開発した。これですくなくとも、突然の出現に驚くことはなくなり、リンダ・ゾンターはテレパシーでコンタクトする試みをふたたびはじめた。いずれにしても、そのつどほんのわずかな時間だが。

状況はますます困難になっていると、レジナルド・ブルは感じた。洞窟は快適とはいえない。文明社会でのふつうの設備がないのだ。飲食物以外はなにもなかった。することもなければ、救出の気配さえない。ジェフリー・ワリンジャーは多目的ロボットの内部機構を慎重に調べ、一部を送信機として改造できないかたしかめようとした。しかし、スペックは通信装置に使えそうなものを持っておらず、がっかりした。

スペックに助けを呼びに行かせることも考えた。しかし、あまりに移動速度が遅い。だれかと意思疎通できるところにたどりつく前に、マークスがもどってきてしまう。スペックがいないことにかれが気づけば、次のステップはどうなるか、すぐに想像がつく。自分たちをべつの場所に連れていくにちがいない……完全に始末するのでなければ。

「こちらからなにか提案するしかありませんね」ジェフリー・ワリンジャーは絶望的になっていった。「かれは、精神のみの存在は危険だという奇妙な考えを持っています。そこからなにかできるかもしれない」

「よく考えないと」エルンスト・エラートは警告した。「ずるがしこいやつですよ。トリックをかぎつけられたら、われわれにはもう二度と交渉のチャンスがない」

「〝それ〟だ」レジナルド・ブルはつぶやいた。「かれは〝それ〟をすべての悪の権化《ごんげ》と思っている。肉体をはなれた数十億の意識の集合体だからな。〝それ〟と接触させてやると、マークスにいったら……」

「その糸口はどうするので?」エラートが口をはさんだ。

「そもそも、きみがそう提案してくると思ったのだが」ブルは答えた。

「たとえ成功したとしても……」

「しずかに!」

たったひと言だけだが、強い声だった。そこには必死な響きがある。三人は驚いて振りむいた。斜路の近くにリンダ・ゾンターがすわっていた。両手でこめかみを押さえ、目を閉じている。顔は真っ青だ。レジナルド・ブルは駆けよろうとしたが、エラートにとめられた。

「コンタクトが成立したようです」エラートは小声でいった。

みなすわったまま、黙って若い女を見つめた。数分が過ぎ、緊張は耐えがたいほど高まる。やがてリンダは目を開けて、ため息をついた。精神集中の表情は消え、快活な輝きが目にもどってきた。

「ブラナー・ニングスは《アルセール》にいます」リンダはいった。「南シナ海を航行中の潜水艇です。意思疎通するにはエネルギーがいりますが、ブラナーの考えのひとつひとつをほぼ理解することができました」

「南シナ海か」ブルはつぶやいた。「思っていたとおりだ。ブラナーはテレパシーを使ってわれわれの居場所を特定できるか？」

「それをやってみようとしているようですが」リンダは答えた。「そういう訓練は受けていないから、長くつづくコンタクトが必要なのです」

「それでは振り出しにもどることになる」ジェフリー・ワリンジャーがいきりたった。

「長くかかるコンタクトはできない。きみがまた思考を送っているとマークスが気づいたら……」

「いいえ、それは必要ないでしょう」リンダはジェフリーの言葉を中断した。「テレパシーは通信とは違います。わたしはときどき短い思考を送るだけ。ブラナーは送信モードになっていても、こちらを方位測定できます」

「すると、もしブラナーの思考にグレク336が気づいたら、どのように反応するかという疑問が生じる」ブルはいった。「そのことはよく考えてもらいたい」

これまでじっと洞窟の奥で浮遊していたスペックがゆっくりと動きだし、話しあいの場に向かってきた。

「かれがきます」

＊

グレク336は自分への包囲網がせばめられていくのを感じた。もう時間がない。捕虜ともども、かくれ場をべつの場所にうつさなければならないだろう。とにかく、こちらの妨害行動は追跡者を混乱させたのだ。ポイント・パルアンへの攻撃がとるべき行動を教えてくれた。あのような管制ポイントはテラの多くの場所にあり、多かれすくなかれ地域内の交通を制御している。そのうち五カ所を短時間で機能停止にした……それぞれ、はるかはなれた場所で。盗聴した通信会話から、数多くの捜索隊を南シナ海へ集中させるのが賢明かどうか、テラナーが検討しはじめたことがわかる。このところの出来ごとは、不気味なマークスが多くのかくれ場を持ち、だれにもじゃまされず転々と移動できることを物語っているのではないか？　そう考えはじめたらしい。

テラニアのコンピュータ分析の結果が出たようだ。それも盗聴した会話から知った。多くは暗号化されていたが、むずかしいものではなく、解くのはかんたんだった。いや……分析内容によれば、フィリピンとインドネシア沿岸間の海域は依然として優先的に捜索するといっている。これまでの捜索結果もすべて、自分がおもにこの海域にいることをしめしていた。

かくれ場にもどるとき、それを身にしみて感じた。これでは海にもぐらざるをえない。それどころか、海底でじっとして、探知を避けるためにエネルギー・ブロックを停止させなければならなかった。浅瀬や海面にはあちこちに船がいるからだ。

まあいいだろう、しばらくは混乱させてやった。しかし、テラナーは知性が高く、頑固で、脅しに乗ったりしない。柔軟な理性を持つ。数時間、あるいはたとえ一日じゅう、こちらのトリックに振りまわされたとしても、その後は正しい足取りを見つけるだろう。自分は目的に近づいていない。これまでにたったひとつの成果も見せていない。テラナーは非肉体化への努力がいかに危険かを、いまだにわかっていないのだ……そう、それをテラナーに教えることが自分の目的である。

戦略を変えなければならない。いい考えが浮かんだ。もちろん、同じことを捕虜たちが話しあっていたなど知るよしもなかったが……

自分が最初に捕まえた者は、本人いわく精神存在〝それ〟の一部らしい。〝それ〟のなかで肉体のない意識として存在しているのだそうだ。ある使命を帯びてテラに送られたため、肉体が必要だったという。〝それ〟のところにもどるまでのあいだだけ、ある者の肉体を一時的な住まいとして利用している。

エルンスト・エラートと名乗る男に〝それ〟があたえた使命の細かいことには、興味がない。なによりも重要なのは、精神存在〝それ〟が、自分が嫌悪し憎むものの象徴であること。そして、エラートは〝それ〟とコンタクトがとれる。

そこに集中的に働きかけるべきだとわかった。自分の敵は人類ではなく、〝それ〟なのだ。〝それ〟が悪であることを指摘し、証明できれば、テラナーの精神化への傾向にもうこだわる必要はなくなる。その傾向はおのずと消滅するだろう。

これだ！　計画をまとめると、自信がもどってきた。慎重に行動しなければ。エラートと名乗る人間に自分の本当の意図を見破られてはならない。もしかしたら、捕虜に譲歩するほうがいいかもしれない。こちらの関心事に理解をしめすようになるだろう。

しかし、その前にエネルギーを補給しなければならない。エネルギー・ブロックのバッテリーが空《から》になる。秘密のエネルギー貯蔵庫へ行かなければ。テラのハイパーコン吸引ステーション三カ所を襲撃したあと、設置したものだ。

＊

「はじめてコンタクトがとれた！」ガルブレイス・デイトンは勝ち誇ったようにいった。

「短い時間だが、ブラナー・ニングスがリンダ・ゾンターと連絡できたと報告してきました」

「闇のなかの一点の光明にはなるな」ジュリアン・ティフラーは答えた。「それで、どこにいるのだ？」

「あわてないで」デイトンは警告した。「プシオニカーはテレパスとしての才能を持つとはいえ、ミュータントではありません。リンダのテレパシーがどちらの方向からくるか、いまのところブラナーにはわからない。しかし、トレーニングで得た経験からすると、四百キロメートル以上はなれてはいないといっています。本来持っている到達距離ぎりぎりですね」

「《アルセール》にプシ増幅装置とプシ・モデュレーターを運んだほうがいいかもしれない」ティフラーは考えこんで、筆記用具の柔らかい先でテーブルを軽くたたいた。

「ブラナーを助けるために。テレパスとしての才能はリンダほど秀でてはいないようだ」

「慎重さが必要です。マークスの近くでテレパスのように活動するのは明らかに危険だ。それはリンダの発言から推測できます。それ以上はわかりませんが。捕虜たちはおおむね元気で、思ったとおり、エラートもいっしょにいます」

「いい知らせがたくさんあるな」ジュリアン・ティフラーはいった。「それでも、ブラナー・ニングスを装置で助けたほうがいいと思う」

「とどけさせましょう」デイトンは請けあった。「交通の状況はどうですか？」

「ひどい」首席テラナーはため息をついた。「インフラは崩壊寸前だ。ネーサンが地域を限定して緊急プログラムを導入している。ナンタケット島、ポート・スタンリー、パペーテ、大ナトゥナ島の管制ポイントは活動を停止した。つまり、ポイント・パルアンにくわえて、という意味だ。もうなにも動かない！　やつをすぐに捕まえなければ、われわれはぬかるみのなかで窒息死する」

「非常に活発に動きまわっていますね？」ガルブレイス・デイトンは驚いている。

「時速四千キロメートル以上出せるだろうと専門家は見ている。どんな高度でも」

「エネルギーにはどうやら困っていないらしいな」デイトンは結論した。「かれが設置した海底貯蔵庫の捜索について、なにか進展がありましたか？」

「これまではなにも」ティフラーはかぶりを振った。「かれがポート・ホバートの東に設置しようとした最初のかくれ場をもう一度、徹底的に調べたところ、ラクエル・ヴァータニアンの仮説が裏づけられた。マークスはわれわれのハイパーコン吸引ステーションから抜きとったエネルギーを使って、海水を酸素と水素に電気分解し、海底にくりぬいた大きなタンクに貯蔵している。これによって、エネルギーの備蓄はできた。バッテリーが空になったらかくれ場に行って、二種類の気体の一定量が流れでるようにし、それを燃やすのだ。そのさい放出される熱エネルギーを、転換機のようなものを使ってとりこみ、バッテリーを充塡する」

「ふむ」デイトンはいった。「とくに効率的ではないが、非常にかんたんですね」

ジュリアン・ティフラーは筆記用具を手からはなすと、こぶしでテーブルを殴った。ひかえめな男にしてはめずらしいしぐさだ。

「かれを捕まえなければ、ガルブレイス」怒っている。「外からはヴィシュナ、内からはマークス……これはわれわれの手に負えないぞ」

「自分たちは正しい道にいると思います」デイトンはなだめるようにいった。

＊

エルンスト・エラートの目の前に高さ四メートルのボディが浮遊していた。かつてのミュータントはいやな予感をおぼえ、原理主義マークスの思考中枢があると思われる場所を見あげた。

「そうだ」と、エラート。「わたしはエルンスト・エラートという名の人間だ」

「話がある」マークスはいった。「いっしょにくるんだ」

触腕がエラートをつかんで、グレイの潜水艦のようなボディのほうに引っ張った。グリーンの光があらわれ、二名のまったく違う生物をまるで泡のようにつつむ。マークスは動きだした。光るエネルギー・フィールドにかこまれているエラートは、それにしたがう以外にない。二名は斜路をおりて水中にもぐった。エラートは混乱していたが、それでも周囲のひとつひとつを記憶にとどめようとした。エネルギー・フィールドが光を供給して、周囲が見える。数千年もよせては返す波でまるく磨かれた岩、餌《えさ》を探して水路を突っきる燐光《りんこう》を発する魚……しかし、この海底の道が逃走路として使えるという希望をいだかせるものはなにもなかった。補助具のひとつも……

マークスが浮上した。海面から数メートル突出している荒涼とした岩があった。人工太陽のひとつは地平線近くにあり、その赤い光が海面にななめにのびている。海は完全に凪《な》いでいて、鏡のようだ。マークスに急ぐようすはない。岩の頂上めざして浮遊していくあいだ、エラートにはまわりを見まわす時間があった。いくつかの岩礁が見える。あちこちで海面から出ていたが、高さ半メートル以上のものはなかった。

乗りものはどこにも見えない。しずかな海面をくまなく探しても、赤く燃えるような空を見あげても……人間にまだ発見されていない原始惑星にいるようだ。

マークスはグリーンのエネルギー・フィールドを切っていた。

「人間よ」と、話しかけてくる。「きみは〝それ〟と呼ばれる存在の一部なのか？」

「そうだ」エラートは答えた。

「〝それ〟とコンタクトできるか？」

このようなことを自分から考えたことはない。頭を悩ませなくても、時がくれば、エデンⅡに帰る方法を〝それ〟が教えてくれるだろうと信じていた。

「方法はいろいろあるが」エラートは曖昧に答えた。「そのどれも絶対確実ではない。なぜそんなことをきくんだ？」

「すべての完全精神存在に対するわたしの考え方を知っているか？」

「知っている。きみから充分に説明を受けた」

「その確信が揺らいでいる」マークスの言葉にエルンスト・エラートは非常に驚いた。

「〝それ〟と話がしたい。わたしは自分がいた世界に、未来にもどりたい。そして、仲たがいしているわが種族の二派に平和をもたらしたいのだ。〝それ〟の助言がほしい」

かつてのミュータントは耳を疑った。本心だろうか？　どうやったら、それを見きわめられるのだ？　この原理主義マークスがどんな発声装置を使っているかさえ知らないのに。

「未来へ帰りたいのか？」ミュータントはたずねた。「どうやって？」

「そのことも〝それ〟に助言をもとめたい。きみはわたしに超越知性体のことを話した……あまりに過度な畏敬の念で美化しすぎた視点からではあったが。それでもわたしは〝それ〟が賢く力強き存在であることは認める。わたしを助けてくれるだろう」

エラートはマークスの背の高い姿を見あげた。

「きみは無理やりわれわれを捕虜にしておいて、〝それ〟とのコンタクトの手助けをわたしにたのむのか？」

「見返りはある」グレク336は答えた。

「それはなんだ？」

「きみが承知したらすぐに、捕虜のうちのふたりを解放しよう。女ひとりと、男ひとりだ。もうひとりの男ときみとロボットは、わたしのところにのこる……〝それ〟がこちらの要請に応えると確信できるまで。確信できたら、ロボットともうひとりの男を自由にする。きみとわたしはいっしょに超越知性体の居所に向かう。そこでなら、きみの安全も守られるにちがいない」

エルンスト・エラートは大あわてで頭を働かせた。一度に流れこんできた情報があまりに多かったのだ。マークスのいうことが本心かどうかはべつとして、その提案がこちらに役だつ部分をふくんでいるか、慎重に検討することが重要だ。ほかの者たちと話しあって決めなければならない。

「考える時間が必要だ」エラートはいった。「きみの本心さえわからないのだから」

「それはけっしてわからないだろう」グレク336は情動をまったく見せず答えた。「わたしがきみになにかを提供し、きみはわたしにその代償をあたえる義務を負う。それが取引だ。信頼の問題ではない。考える時間が必要なのか？　いいだろう。ただし、一日だ」

「きみの提案を断ったらどうなる？」エラートはたずねた。

マークスは答えなかった。かつてのミュータントはふたたびエネルギー・フィールドにつつまれ、海底に連れていかれた。

*

半時間後、同じ場所にマークスはいた。太陽は沈み、星のない夜空がちっぽけな島の上に見える。グレク336は大きな石にもたれかかって休んでいた。そこに多目的ロボットが浮遊してきた。洞窟からいっしょに連れてきたのだ。

「おまえはわたしの友か？」マークスはたずねた。

「わたしはあなたに全面的に服従しています」ロボットは答えた。「ロボットに感情をプログラミングすることはできません。自分をだれかの友だと感じるのは、論理でなく感情によるものです」

「そう答えていなかったら、おまえを信用しないだろう」原理主義マークスはいいそえた。「しかし、人間はおまえのことをスペックと呼んでいる、そうだろう？」

「はい」

「それは個人名だ。つまり、かれらは好意を持っておまえを見ているのではないか？」

「その動機はわたしには究明できません」

「おまえはかれらに好意をいだいている」

「あなたは同じことをいっています。好意をいだくのも感情によるもの。わたしの義務は人間を被害から守ることです。あなたはわたしのプログラムを書きかえましたが、プログラミングのその部分だけは変えられないことを、自分でもわかっているはずです。人間に対するわたしの忠誠心はプログラミングのなかのものだけです」

「わかった。わたしには信頼できる者が必要だ。おまえを友にしようと思う。おまえにはなんの意味もないとしても」グレク３３６の声はいつにない調子になり、自分自身にいいきかせるようにつぶやく。「無限の宇宙にかけて……わたしはずっとひとりぼっちだった。味方になってくれるだれかが必要なのだ」すこし間をおいて話しはじめたときは、いつもの事務的な調子にもどっていた。「変化が訪れるのだ、スペック。エルンスト・エラートという名の人間に提案をした。かれはほかの者とそれについて相談するだろう。この相談の内容が知りたい。報告してくれるか？」

「報告します」スペックは確約した。

「わたしはエネルギーを補充しなければならない。数時間、留守にするだろう。そのあいだ、捕虜を見張っているのだ」

「どうやって？」スペックはたずねた。「つまり、あなたはどうやってエネルギーを補充するのですか？」

「海底にエネルギー貯蔵庫を設置した」グレク336は答えた。「そこには二種類の気体を保管してある。それを燃やし、熱エネルギーをとりこむ……」

マークスは堰《せき》を切ったようにしゃべりはじめた。これまでだれにも話せなかったことをすべて話す。海辺の町キャトンでの経験から、吸引ステーション三カ所の襲撃とエネルギー貯蔵庫の設置まで。スペックの友情の証《あか》しはひかえめな受け答えで、いかにもロボットらしいものだった。しかし、グレク336は固執《こしつ》した。ついに友が見つかったのだ。すべてを打ち明けることが許される親しい者が。

ずいぶん時間がたっていた。

「出かけなければ」マークスはいった。「おまえは捕虜のところにもどるんだ。そして、わたしの申し出に対するかれらの意見を注意深く聞いてこい」

スペックはいわれたとおりに浮遊してその場を去った。グレク336はスペックが水に入る音を聞いた。

＊

グレク336は岩礁の高いところにすわって、真っ暗な空を見あげていた。星々の光を時間ダムが妨げている……四方が閉じた時空の褶曲《しゅうきょく》でテラとその衛星をかくすという、テラナーの着想だ。かれらはみずからをヴィシュナから守るために時間ダムを建設した。強き者ヴィシュナは、かれらの敵だからだ。

肉体を持つヴィシュナと、原理主義マークスは同盟を結んでいた。テラナーが情報を外に送ったり、特殊構造の宇宙船を外からテラに向かわせたりするとき、時間ダムに構造亀裂が生じる。そこを抜けて、ヴィシュナの言葉がグレク336のところにとどいたのだ。かれはよろこんでヴィシュナの申し出を受け入れた。自分は彼女のように人間の敵ではなく、ただ人間の精神化への希求を阻止したかっただけだが、さまざまな点で短期的な目標はヴィシュナと同じだったから。

強き者に会ったことはない。彼女は太陽系のはるかかなたの安全なかくれ場で小型宇宙船内にいる。しかし、肉体化した具象と名乗っているし、その言葉を疑う理由もない。マークスはヴィシュナにテラでの状況に関する情報を提供した。そのかわりに彼女は、ヴィールス・インペリウムと呼ぶ巨大コンピュータを自由に使わせてくれた。

自分の新しい計画について、ヴィシュナはなんというだろうか？　もし計画が実現したら、近い将来、テラにはヴィシュナの同盟者がひとりもいなくなる。自分は〝それ〟のところに行くかもしれないからだ。だが、それはヴィシュナのためにもなるのではないか？　人類は〝それ〟を自分たちの助言者と呼んでいるが、超越知性体に対する自分の計画は、エルンスト・エラートという名の人間に話して聞かせたようなものとはまったく違うのだから。

〝それ〟を殲滅するつもりだった。精神化した肉体なき存在を最高の到達段階とする思想グループの偶像は、この宇宙から消えるべきだ。それをエラートに話すことはもちろんできない。計画をどのように実現するか、自分でもまだわからないのだから。その場ではじめて決定するのかもしれない。しかし、自分が〝それ〟に対して計画していることは、ヴィシュナのためにもなるにちがいない。そのことは知らせておこう。彼女の抗議を受けることはまずないだろう。

奇妙な考えが頭をかすめた。人間には面と向かって嘘をつき、ロボットには友であり信頼するといった。そのロボットに人間の見張りをたのんだのだ。自分の行動の矛盾に突然、不快感をおぼえた。真実と誠実さは論理的に説明できる概念である……すくなくとも、自分が学んだ論理的一貫性の枠のなかでは。片方に嘘をつきながら、もう片方に誠実でいる、そんなことができるのだろうか？

考えがあちこちにさまよい、混乱した。信頼できる者が必要だった。あまりに長いあいだ、ひとりぼっちだったのだ。ロボットに信頼をおくことは自分の内なる欲求のひとつに合致するし……同時に、非肉体化へと向かっていく人間に対しての不信感にも合致する。スペックへの態度は、自分の魂が要求した結果だ。エルンスト・エラートに嘘をもっともらしく話して聞かせたことは、計画の一部であり、理屈に合っている。それで正しいのか？

むだなことで頭を悩ませても、どうしようもない。腹だたしくなった。状況をさらにむずかしくするだけだ。ここで岩の上にすわり、暗い空を見あげて考えごとをし、貴重な時間を浪費している。もっと大切な、やらなければならないことがあるのに。

グレク336は岩からはなれて、水中に滑りこんだ。最初の数百キロメートルは海のなかを移動しなければならない。追っ手から逃れるためだ。沖に出たとき、ようやく浮上し、エネルギー貯蔵庫に高速で向かった。

*

もっとも緊急性が高いことをしめす甲高《かんだか》い信号音とともに、報告がとどいた。「受信」ジュリアン・ティフラーはインターカムの音響サーボに向かっていった。

スクリーンが明るくなり、ガルブレイス・デイトンの顔が浮かびあがった。よろこばしい報告であることがひと目でわかる。まさに目から興奮がほとばしっていた。

「二回めのコンタクト成立です。どこに異人の三つのエネルギー貯蔵庫があるかわかりました。正確な場所でなくとも、その付近に捜索隊をさしむけることができます」

「ごくろう」首席テラナーはいった。その声には安堵感が感じられた。「おかげでやる気が出てきたよ。それはどこだ？」

「すべて太平洋です」デイトンは答えた。「座標を知りたければ……」

「必要ない」ティフラーは手を振った。「すぐにわかるだろう。その情報はどこからきたのかね？」

「マークスがついに多目的ロボットを信頼したのです。ロボットと長いおしゃべりをして、自分の運命について話したようです。特筆すべきは、テラにやってきてからの体験についての報告でしょう。そこでエネルギー貯蔵庫の話が出たらしい」

「ブラナーとリンダとの連絡はうまくいっているのか？」

「リンダが慎重にやらなければならないことをのぞけば、うまくいっています。ブラナーは、大丈夫だとわかったらプシオン補助装置を使うでしょう。方位測定はしだいに進んでいて、あと二、三回コンタクトすれば、捕虜がどの地点にいるか正確にわかるといっていました」

ジュリアン・ティフラーはすぐには返事をしなかった。考えこむようにじっと前を見つめる。ある計画が頭に浮かんでいたのだ。

「ガルブレイス、三つの貯蔵庫の捜索はきみのところの優秀な者たちにまかせられる。それに対して、捕虜たちの状況はしだいにきびしくなってくる」

「あなたの考えていることが、磨きたてのガラスを通したようによく見えますよ」ディトンはほほえんだ。「この件を自分が引きうけたいと思っているのでしょう」

「人間三人の命が危険にさらされている」ティフラーは真顔でいった。「わたしはそのひとつも失いたくない。われわれがしだいに迫ってくるのに気づいたら、マークスはなにをしでかすかわからない。自分以外のだれにこんな責任を負わせればいいんだ？」

　デイトンはうなずいて、

「必要なものはわたしが準備します」と、提案した。「われわれはおたがいにたえず連絡をとりあわなければ」

　ジュリアン・ティフラーはスクリーンが暗くなると、しばらく考えこんだ。人間の理性はときどき、なんと奇妙な動きをすることか。わたしは〝人間三人の命〟といった。だが、エルンスト・エラートにはなにも起こらないと、本当にいいきれるのか？

4

「やつのねらいはどこにあるんだ？」レジナルド・ブルはたずねた。「本心なのか？」

エルンスト・エラートは肩をすくめた。声をひそめて話をしている。分岐した暗い横坑のひとつで、リンダ・ゾンターがブラナー・ニングスとコンタクトしようとしているからだ。

「本心は見通せません」かつてのミュータントはいった。「肉体なき存在形態に対するかれの反感は根深いところにあるようで、ほとんどトラウマです。これをベースにして考えると、グレク336は嘘をついているでしょう。しかし、面と向かっているときに正直だという印象を受けたかとたずねられれば、イエスと答えます」

ブルは一瞬ためらった。適当な言葉が見つからなかったのだ。

「決断はくだすのはきみだ。それはわかっていると思う」しばらくしていった。「つまり、だれもきみのかわりはできないということだ。また自由になれる、リンダといっしょに解放されるのは自分かもしれないと思うだけで、うずうずする。しかし、きみは最後まで捕虜だ。もっとも大きな危険をおかすことになる。つまり、決心できるのはきみしかいない。それははっきりしている。われわれのだれもとやかくいわないよ」

エルンスト・エラートはほほえんだ。

「わたしにはあなたやリンダやジェフリーと同じ危険がないことを、忘れていますね」

「マークスがきみになんの手出しもできないと、そう思っているのか？」ブルはたずねた。「やつが力ずくできみの意識をメルグ・コーラフェの肉体から離脱させたら、きみは〝それ〟のところにもどれると？　それはたしかなのか？」

「ある程度は」エラートは答えた。「もし、向こうが銃撃でこの肉体を殺したら、どうなるかはわかりません。しかし、〝それ〟がなんらかの方法で面倒を見てくれることは絶対にたしかです」表情豊かなしぐさで両手をひろげて、すこしふざけた調子でブルとワリンジャーに話しかけた。「見てください、友よ。わたしはテレテンポラリアーのエルンスト・エラート、旅する精神です。この宇宙にわたしを殺せる者がいると思いますか？」

「もう決心したようだな」ジェフリー・ワリンジャーはいった。

「そういうことです」エラートは認めた。「申し出に応じましょう」

洞窟の奥で音がして、三人は振りむいた。リンダが真っ暗な横坑から出てきた。目が輝いている。

「ブラナー・ニングスに情報はすべて送りました。かれが補助装置を使ったので、ずっとうまくつながるようになったんです。さらに二、三回コンタクトすれば、こちらを探知することができるでしょう」

＊

《アルセール》では状況が変わっていた。ブラナー・ニングスがリンダ・ゾンターと楽にコンタクトするためのプシオン装置を輸送グライダーが運んできてから、潜水艇のキャビンはテレパシー実験のための研究室に変わったのだ。ブラナーの装置が空間の半分を占めている。グニール・ブリンダーソンとジャルア・ハイスタンギアは文句をいわなかったが、このなりゆきをまったく了承していないことは、ふたりのようすから見てとれた。

反対に、ラクエル・ヴァータニアンはこの件を了解していた。やっとなにかが動きはじめる。自家用ヨットに乗り熱帯の暖かい海で〝無為を楽しむ〟以外になにもすることがない、そんな感じは消える。やるべきことがあるのだ。決定的な瞬間が迫っている。

朝の日光浴はとっくにやめていた。ことの展開がここまでくれば、もうそんな気分にはならない。マークスの捕虜を見つけるという使命を持つ、この計画のリーダーだと自認しているからだ。グニールはいつものように自分の役割を黙って受け入れ、ジャルアについては、それをどのように感じているかわからないが。フリーヤ・アスゲイルソンは相《あ》いかわらずにこやかだ。

マークスがポイント・パルアンに向かったとき、潜水艇《アルセール》はガルブレイス・デイトンの命でそこへ派遣されたが、捜索活動は成果なく終わった。到着が遅すぎて、異人はとっくに姿を消していたのだ。ジャルアは《アルセール》を手動操縦するあらゆる努力をしたが、その苦労もむだになった。このあいだにマークスがポイント・パルアンでどれほど多くの混乱を引き起こしたか、はっきりした。この数時間、南シナ海海域のすべての地上交通は麻痺している。

ブラナーはある程度の成果をあげた。あとすこし時間があれば、リンダのテレパシーの発信場所を正確に探知できるという。ラクエルの使命は捕虜を探すことだ。しかし、見つけた場合の指示は受けていないことを思いだして、テラニアと連絡をとろうとした。首席テラナーの執務室がそれを転送して、数秒後に驚くほどはっきりとした映像がラクエルのヴィデオ・スクリーンにあらわれた。

ジュリアン・ティフラーがほほえんでいる。

「わたしに話があるそうだな」

「指示が必要です。マークスのかくれ場を見つけられそうなのですが……」ラクエルは一瞬ためらった。「あなたはどこから話しているのですか？」

「デッキに出たら、わたしの潜水グライダーが見えるだろう」ティフラーはいった。『《マノア》という名だ。危険な任務だから、いまからいっしょにやったほうがいい」

ラクエルはうなずいた。

「そうですね、わたしもそのほうがずっといいと思います」

＊

セリム・オプランはサーフィンやダイビング用品のちいさな店を営んでいる。しわだらけで小柄な、百九十六歳の男だ。ほかのだれよりも海のことを知っていた。店はコンピュータ化された在庫管理もロボットのサービスもない、古きよき時代のものだ。ボルネオ島北岸の町ビントゥルの港にある。セリムはここで生まれ育った。宇宙ハンザの歴史のほぼ半分におよぶ人生だ。サーファーやダイバー相手の商《あきな》いで、生活するのに必要なものを買う金は稼げる。無欲で、商売のために一日十時間以上働かなければならなくても、苦にならなかった。客はあれこれ注文が多く、たえず最新のものを置かなければならない一方で、古い装置の交換部品も用意しなければならない。だが、セリムはそれも気にしなかった。長い人生での知恵を持つ、調和のとれた人間なのだ。なにに対しても、ことさらに驚くことはもうない。

遅い時間に……午前零時すこし前だ……裏の倉庫から聞こえた物音にも驚かなかった。

NGZ三一五年製造の小型データ装置で帳簿をつけていたセリム・オプランは、慎重にスイッチを切った。立ちあがって、建物の裏に出る扉を開く。目の前の光景は、ほかの者なら血管の血液が一瞬で凍るようなものだったが、セリムはすこし当惑しただけだった。倉庫の壁に巨大な穴があいていたのだ。その手前に、背の高いグレイのものが空中に浮遊していた。潜水艦を思わせる……ただ、ふつう潜水艦は水平に移動するが、目の前のものは艦首を上に、艦尾を地面に向けていた。

セリム・オプランはおちついて数歩、倉庫のなかに入って、慎重にまわりを見まわした。しかし、長さ四メートルの潜水艦と壁の穴以外は、いつもどおりだった。

「ここでなにが起こったのか、だれかわたしに説明してくれるだろうな」セリムは甲高いよく響く声でいった。

答えはグレイの潜水艦の上部から聞こえてきた。セリムは驚いたが、うろたえはしなかった。

「きみは潜水用具を売っているのか？」声がした。

「それがわたしの商売だ」セリムは答えた。

「四セットほしい。必要な推進システムもいっしょに」

セリムはグレイの物体をじっと見つめた。

「いろいろな客の相手をしてきたが、あんたのようなのは見たことがない。だれなんだ？」

「それがきみになんの関係がある？」

「おやおや、ここはわたしの店だ。だれに売るか売らないかはわたしが決める。ずうずうしい態度をとるならば、とっとと出ていってくれ。その前に、うしろの壁につくった穴の損害賠償金をはらうのを忘れないように」

「わたしはグレク336。地球外生物だ」グレイの物体は答えた。このしわだらけのちいさな男と、おだやかなやり方で折りあいをつけることにしたらしい。

「よし、多少ましになったようだ」セリムはいった。「しかし、あんたに合う潜水用具はあつかっていない」

「わたしではない」奇妙な客は答えた。「人間用が必要だ」

「なるほど。どのくらいの深さまでもぐるんだ？　推進速度はどのくらい必要かね？」

「潜水の深さは千メートル。速度は四十ノット以上必要だ」

「それなら、むしろ潜水艇がいいのでは？　あんたの希望するような潜水服はあるにはあるが、とてつもなく高いぞ」

「金はどうでもいい」グレク336はいった。「それを見せてくれ」

「その棚の上にある」セリムは壁にならんだ背の高い棚のひとつを指さした。

疑念をいだいていた。奇妙な客は代金をはらうつもりなどないのではないか。そうでなければ、なぜこれほど直接的な方法で倉庫に侵入したのだ？　グレイの姿が棚に歩みよるあいだ、セリムは警報装置のスイッチがある方向にそっと動いていった。

「動くな」グレク336は命令した。

「あんたは買いたいものを探せばいい」セリムは怒っていった。「わたしのやることに口を出さないでくれ」

するとと、異人のグレイの外殻でなにか光った。セリムは額を殴られたように感じ、突然、すべての感覚を失った。筋肉がもういうことをきかない。しかし、倒れて意識を失う前に、無音の警報を作動させるスイッチに触れた。

＊

グレク336は時間をかけて装具を点検していた。呼吸用空気ボンベの残量と推進システムのバッテリー充塡を確認して、信頼のおける高度に発達したテラナー技術にひそかに感嘆した。このようなものをつくりだせる者たちが精神化への渇望を募《つの》らせていくとは、なんと悲しいことだろう。

たえず油断なく警戒していた。急に通信状況がおちつかなくなる。センサーがとらえた通信会話数が数秒間で三倍になっていた。セリム・オプランという名前が出てくる。もしかしたら、たったいまパラライザーで撃ったこのちいさな老人なのか？

感覚ブロックが乗りものの音を受信した。激突してできた建物奥の壁の穴のはるかかなたが明るくなる。グレク336は潜水服四着を引きよせ、二本の触腕でそれぞれ二着ずつつかんだ。それほどじゃまにはならなかった。からだを水平にすると、最高速で榴弾のように壁の穴を抜けた。

テラナーがあちこちにいた。あの老人はこちらが気づかないうちに警報を発したにちがいない。保安部隊のどぎつい色の乗りものが見えた。小まわりがきく小型グライダーで、乗員は各機にふたりだ。その投光照明があたりを昼間のような明るさに照らしていた。グライダーは老人の店がある建物の上を浮遊している。とても危険な状況だとグレク336が悟ったとき、建物にあいた穴に二機が近づいてきた。

鉢あわせしてしまった。だが、向こうが方向転換して追跡をはじめるまでに、数百メートルはなれていた。通信連絡が行きかう。こちらのほうが速度で向こうを上まわるのはわかっていたが、かくれ場につながるシュプールをのこしたくない。そこで、南東すなわち内陸へ進路をとった。山脈をこえ、その向こうのジャングルにおおわれた平地におりていく。川が目の前にあらわれ、ちいさな町の光が見えた。そこで間違いをおかしたことに気づいた。

追跡者からは逃げられても、道沿いの住人の急報からは逃《のが》れられない。町を横断するさい、グライダー十四機が追ってくるのを探知した。これまでは亜光速で移動していた。

衝撃波によって追跡作業を楽にさせないためだ。しかし、もう速度をあげるしかない。しかし、衝撃波のかたい乾いた音が建物を揺すり、ベラガの住民は驚いて目をさました。

グライダー十四機の乗員はこれを意に介さない。

グレク336は何度も呼びかけられたが、無視した。この戦いがどうなるか、わかっていたからだ。最初のビームがひらめく直前に、フラテルクターを作動させた。これに対してなにもできないと確信している相手は、あえて応戦してこない。しかし、その後マークスは、テラナーが戦術上の教訓をよく知り理解していることに気づいた。テラナーたちはこちらを追跡するあいだ、グリーンに光るエネルギー・フィールドのかぎられた部分を集中的に攻撃した。フラテルクターは集中砲火なら貫通するのだ。

もうしかたがない。防戦しなければならない。すでに十四機の前線に突っこんでいた。相手は最高速度で追ってくる。それほど高速ではないが、武器の驚くべき射程距離がそれを埋めあわせていた。部隊はフォーメーションを変えていた。もはや幅のひろい前線ではなく、ぴったりとかたまっている。

おかげでこちらの仕事は楽になった。マークスはインパルス銃を発射。爆発により恒星のように明るい光の玉が膨《ふく》らみ、数秒後に消えた。相手の砲撃はとだえた。グレク336は音速の三倍で闇に突進していく。眼下には人里はなれた山間地がひろがっていた。

十分後、危機を脱したことを確信した。百度以上、方向転換し、北北東へ進路をとる。

急いで島にもどろう。先ほどの衝突で、テラナーがいつでもどこでも目を光らせていることを知った。このような遠出はもはやしてはならない。捕虜を安全な場所に運んで、しばらくしずかにしていよう。

＊

「その男はセリム・オプランという名で」ガルブレイス・デイトンはいった。「マレーシア人です。かれの話はいささかの疑問の余地もない。セリムの店に侵入したのはあのマークス、グレク336です」

ジュリアン・ティフラーはうなずいた。非常に重要な報告だ。しかし、かれの最初の質問は、

「セリムのぐあいはどうか？」

「上々でしょう、この状況にしては。かれは百九十六歳だし、マークスがくわえたパラライザーのショックは非常に強力でした。セリム・オプランでなければ生きのびられなかったかもしれないが、あの男には耐久力がある。医師は二、三日のうちに起きあがれるだろうといっています」

「それはよかった」ティフラーはいった。《マノア》が前後左右にすこし揺れている。外は強い風が吹きはじめているのだ。気象センターは中型の台風が六時から八時のあい

だにくるといっている。「四着の潜水服か。どうやら疑問の余地はないな、そうだろう？」

「人質を安全なかくれ場に運ぼうとしている」デイトンはいった。「追いつめられたと感じているのでしょう。あのマークスは危険です。ボルネオのちいさな町の上空で、保安部隊が乗ったグライダー二機を撃墜しました。行く手をさえぎろうとしたからです」

「犠牲者が出たのか？」

「残念ながら。乗員ふたりが死亡、もうふたりは皮膚移植が必要なほどのひどいやけどを負いました」

ジュリアン・ティフラーは一瞬、前をじっと見つめた。それから、そのことについてはなにもいわず、話のテーマにもどった。

「なぜ潜水用具が必要なのだろう？　かれは友たちを海底の洞穴に閉じこめた。そこへは潜水用具なしで連れていったのに、こんどはいったいなにを計画している？　深海での遠足か？」

「ただの想像ですが」デイトンは答えた。「呼吸可能な空気を必要とする人間のために、深海にかくれ場をつくるのは大変です。捕虜用の海底ドームをつくるつもりはマークスにはないでしょう。捕虜をフィリピン諸島のどこかに運ぼうとしているというほうが現実的です。たしかに、前は潜水用具なしで捕虜を海底に運んでいる。そのときは以前に見たことがあるグリーンの防御バリアにつつんだのでしょう。しかし、それでは動きにくい。今回は、それぞれが自力で移動できることを重視したのです」

「グレク336が動きだしたら、捕まえよう」ティフラーはいった。「われわれの探知装置の多くがもう下に、つまり海中に向けられている」

「かれが前回のようなやり方で出かけて、危険をおかすとは思えません。ボルネオ上空ではもうすこしで命を落とすところだったのですから。プシオニカーはどうなりましたか？　いまだに方位測定できてないのですか？」

ガルブレイス・デイトンはテラニアの自分の執務室にいる。スクリーンで、ティフラーが顔を横に向けたのが見えた。だれかと話している。それがだれかは、見えない。また首席テラナーが正面を向いたとき、その目には独特の輝きがあった。

「いいヒントをくれたよ、ガルブレイス」ティフラーはいった。「《アルセール》からの知らせだ。ブラナー・ニングスが方位測定に成功した」

＊

レジナルド・ブルはマークスが地面を滑らせてよこした潜水服をしげしげと見た。

「これでどうするというのだ？」ブルはたずねた。

「われわれは引っ越しをする」グレク336は答えた。「このかくれ場はもはや安全ではない。きみの友たちがこのまわりに張った捜査網がますますせばまっている」

「なにを期待しているのだ?」ブルはいった。「仲間がわれわれをあっさり見捨てるとでも?」

「それはない。わたしは知っている。きみたちはこの惑星が誇るべき最重要人物だ」

「そんなことは関係ない」レジナルド・ブルは怒って答えた。「人間にとって、どの命も大切なのだ。きみがだれを誘拐したかが問題ではない。捜索はいずれにしてもおこなわれていただろう」

「おしゃべりはやめろ」マークスが拒絶するように答える。「肉体なき精神化を希求するような命など、そもそもなんの価値もない」それにブルが応じる前に、マークスはエルンスト・エラートのほうを向いてつづけた。「わたしの提案を考えてみたか?」

「考えた」かつてのミュータントはいった。「決心がついた。きみが〝それ〟と連絡がつくようにしようと思う。しかし、その前に話しておかなければならない細かいことがたくさんある」

「たとえば?」

「わたしは〝それ〟に報告しなければならないが、ここからではうまくいかない。強力なハイパー送信機が必要だ。テラは時間ダムの内側にあるし、連絡がつくまでにしばらくかかるかもしれない」

「わかった。しかるべき保安処置を考えないといけない。きみたちを人質にして」

「きみたち？」エラートはくりかえした。「そちらの提案は、わたしが了承したらただちにふたりを解放するということだったが」

マークスはすぐには答えなかったが、しばらくして認めた。

「そのとおりだ。とりきめは守る。しかし、まずわれわれ全員のために安全な場所を見つけなければならない。見つかったらすぐに、女と男ひとりを解放しよう」

「ただちに、と、いっただろう」エラートは粘った。「解放されるふたりに安全なかくれ場はいらない」

「きみの仲間が近くにいる。わたしがきみたちのうちふたりを解放したら、どこにわれわれがいるかすぐわかってしまう。とりきめが実行される前に、より大きな損失を出す戦闘が起こるのでは、われわれの約束の意味がない」

マークスのいいぶんは論理的で、率直でさえあると、エラートは認めた。しかし、これ以上、譲歩するつもりはまったくなかった。

「それは認められない」エラートはいった。「ただちに、だ。もし、きみの言葉が約束に値《あたい》しないのだったら、わたしはこのとりきめから手を引く」

グレク336は答えをすこしためらった。また話しはじめたとき、声の調子が変わっていた。このあいだになにかべつのことを考えたようだ。

「黙れ」マークスはいった。「きみが本当に望むものはなにか考えろ。二、三分、時間をやろう。わたしはほかにすることができた」

最後の言葉をいうあいだに、すでに動いていた。フラテルクターのグリーンのエネルギー・フィールドが急に明るくなり、高くそびえるボディをつつむ。マークスは斜路を滑りおり、水のなかに音をたてて消えていった。

＊

「シンコウ島まで千八百メートル」オートパイロットが告げた。

ジュリアン・ティフラーは制御コンソールの表示をざっと見わたした。《マノア》の搭載兵器はすべて停止状態だった。だれにも、たとえうっかりだとしても銃撃をはじめることはできない。防衛手段は防御バリアのみ。いざとなれば、音声センサーで一瞬のうちに作動する。

グライダーは波もない海面を進んでいた。水深は二十メートルにも満たない。潜水航行は意味がなさそうだ。ティフラーの目の前の探知スクリーンに、ちいさな島の輪郭がはっきりと浮かびあがっていた。

「シンコウ島まで千五百メートル」オートパイロットはいった。

これは最終テストだった。ブラナー・ニングスはこの件に関して自信を見せている。

リンダ・ゾンターのメンタル・インパルスの出どころを正確に探知したのだ。それが正しいかどうかは数秒で判明するだろう。マークスが不在だといいのだが、期待をいだくのはやめようと、ティフラーは思った。ガルブレイス・デイトンが、グレク336はもう遠出はしないだろうといっていたからだ。

「シンコウ島まで千二百メートル」と、オートパイロット。

「低速走行」ティフラーはいった。

「低速走行します」答えが返ってきた。

走査スクリーンに一瞬、リフレックスがうつった。弾丸のような速さで島から《マノア》のほうに飛んでくる。

「静止！」ジュリアン・ティフラーが命令した。

「速度ゼロにします」オートパイロットは確認した。

閃光が走査スクリーンにはしった。その瞬間に強い衝撃があり、《マノア》の鋼の外殻が鐘のように鳴って、機は上下左右に揺れた。ティフラーはハーネスを締めていたが、座席から飛ばされそうだった。

「フィールド・バリア作動！」よく通る声で叫んだ。

「フィールド・バリア完成」すぐに答えが返ってきた。

第二の閃光。機内ではフィールド・バリアが命中ビームのエネルギーを吸収する音が聞こえた。前後左右にも上下にも、もう揺れない。

「通信を開始せよ」ティフラーは要求した。

グリーンのコントロール・ランプが光った。異人を攻撃することに意義があるかどうか、首席テラナーは一瞬、考えた。探知機と走査機で、相手の居場所ははっきりしている。防御バリアをまわりに構築しているが、《マノア》の兵器は強力だ。マークスのフィールド・バリアがそれらに持ちこたえられるかどうか、ためすことになる。だが結局、あきらめた。異人がどのような保安対策をとったかわからないからだ。島に地雷を設置していて、マークスが一定時間内にぶじにもどらなかったら、それが炸裂するかもしれない。だめだ。この状況では意思の疎通を試みるしかない。

「マークス、話をしたいのだが」

答えはすぐに返ってきた。受信機から荒々しい声が聞こえた。

「こちらはしたくない。後退しろ。さもなければ、捕虜に危害をくわえるぞ」

「全速力で後退」ティフラーは機に命令した。

「全速力で後退します」オートパイロットは答えた。

「マークス、充分に距離があいたと思ったら、そういってくれ」ジュリアン・ティフラーはいった。「敵意を持って争う気はない。わたしは人間とロボットを返してもらいたいだけだ……無傷で。そちらの要求をいってくれ」

異人はすぐには答えず、三十秒後にやっと話しはじめた。ティフラーはそれが《マノア》が充分にはなれた証拠だと理解して、機を静止させた。

「この惑星の文化は危険な方向に向かっている」荒々しい声はいった。「精神化をめざし、肉体なき存在をより上位の発達段階として見ている。わたし自身の種族を見ればわかるが、そのような考え方をして破滅した。わたしは運命によってなぜかテラに押し流されたが、人類を精神化傾向から守ることが使命だと思っている。ただ、ひとつはっきりしているのは、そのひたむきな努力が間違いだとテラナーに納得させるのは困難だろうということ。強行手段が必要だ。だから四人を捕虜にした」

「そして、多くの人間を殺した」ジュリアン・ティフラーは相手の発言に痛烈な言葉で口をはさんだ。

「それは後悔している。そんなつもりはなかった。わたしにとって知性とは、物質からなる実体と結びついた場合のみ価値があるものだ。肉体の破壊はめざしていない」

「それでも死者は返ってこない」ジュリアン・ティフラーはしつこくいいはった。

「わかっている。残念な事故だった。くりかえされることはない。捕虜のところにもどる。かれらは人質だ。それがあればきみたちは待ち伏せをすぐにやめるにちがいない。この領域から撤退しろ。わたしをほっといてくれ」

「その提案は受け入れられない」ティフラーは答えた。「それだと、きみは望むものすべてを手に入れ、こちらは手ぶらで帰ることになる。わたしの使命はきみに捕らえられた人間の安全を守るように配慮すること。きみに逆提案をしよう。こちらの部隊を三キロメートル後退させる。それ以上はだめだ。そうすれば、わたしはここでなにが起こるか見ていられる。きみが捕虜をきちんとあつかい、危害をくわえないかぎり、こちらはなにもしない」

「それからどうするんだ?」

「きみとさらに交渉する。こんな宙ぶらりんの状況をずっとつづけることはできない。われわれは知性体だ。この問題を解決する可能性を見つけるだろう」

マークスはすぐには答えなかったが、しばらくしていった。

「わかった」

5

「グレク336が誠実かどうかわからない」ジュリアン・ティフラーはいった。「かれは人間の命が失われたことを心から嘆いているようだが、それでさえ、わたしは百パーセントの確信を持てない。まして、これからの戦略に関しては……とんでもないことを考えているのではないかと恐れている。人質をべつの場所に連れていこうとしているようなのだ。まともな交渉は、それがうまくいってからだろう」

「潜水工作員は？」ガルブレイス・デイトンはテラニアにある執務室から発言した。

「グライダーはつねに探知される恐れがありますが、潜水工作員なら探知されないかもしれない」

「で、どうするんだ？」ティフラーはからかうようにいった。「工作員が洞窟に侵入し、マークスを攻撃し、捕虜もろとも吹き飛ばすのか？　そのような行動に出るべきではないとわたしは思う。すくなくとも、友たちに危険が迫っていないかぎりは。わたしにはべつのアイデアがある。ロボット艇だ。十二隻必要だ。海洋パトロールが使わせてくれるだろう。いずれにしても、ロボット艇はシンコウ島に三キロメートル以上近づかないというとりきめを守らなければならないが」

デイトンの額に深いしわができた。

「それでなにをしようというんです?」いぶかしげにたずねた。

「一隻のロボット艇を破壊したことがマークスにとってトラウマになったと、リンダ・ゾンターから聞いた。それは、実体と結びついた知性が卓越するというかれの理論と結びついている。どうやら、かれにとって理想的な生命形態はロボットらしい。これからはじめる作戦では、すべてロボット艇を前線に送るつもりだ。もう一度ロボットを破壊しておのれの良心を苦しめるべきかどうか、かれは考えざるをえないだろう。決断には数秒かかる。グレク336がためらう瞬間がわれわれにとってチャンスだ」

「よくわかりました」デイトンは答えた。「ロボット艇十二隻をできるだけ早く用意させます」

「それらをわたしが《マノア》からプログラミングできるように準備してほしい」

「了解」

「リンダからの連絡は期待できないと思う」ティフラーはいった。「マークスはもう洞窟から出ようとしないだろう。もし、かれにテレパシーを受信されたら、リンダはその恐ろしい怒りを覚悟しなければならない。当面コンタクトをとらないようにブラナー・

ニングスに指示した」

一瞬、デイトンはまったく聞いていないようだった。カメラの視野の外でくりひろげられることに気をとられたらしい。しばらくして、デイトンは目をあげた。

「もしかしたら、いまからいうことを計画に入れたほうがいいかもしれません。エネルギー貯蔵庫のふたつが見つかりました。三つめもすぐに見つかるでしょう」

「それらをよく見張らせてくれ！」ティフラーが興奮しているのがわかる。「そのひとつにグレク３３６がエネルギーを補給しに行ったら、捕まえよう」

＊

「《マノア》から連絡よ」ラクエル・ヴァータニアンがいった。「マークスが四着の潜水服を手に入れたわ。捕虜をどこかに運ぶつもりでしょう。油断なく見張ってて」

《アルセール》は海底を進んでいた。ジュリアン・ティフラーがグレク３３６ととりきめた三キロメートルの境界ぎりぎりのところで、水深は三十メートルだ。探知装置のスクリーンはシンコウ島の人けのない岩礁をはっきりとうつしている。そのシルエットのまんなかの黒点は海底水路で、この島の内部にある洞窟のたったひとつの出入口だ。

ブラナー・ニングスは横になって眠っている。たえず注意をし、聞き耳をたて、テレパシーに集中していて、ほとんど倒れそうだった。ちょうどいい。首席テラナーがリンダとテレパシーで接触することを禁じたからだ。マークスはいまは洞窟内にいる。プシオニカーふたりがコンタクトしたとわかれば、リンダの命が危険だった。ブラナーは緊張緩和剤をのんだので、二、三時間後には元気を回復し、起きあがるだろう。

「グレク336が本当に捕虜といっしょに出発したら、われわれはどうする?」

ラクエルは驚いて耳をそばだてた。どういうこと? ジャルア・ハイスタンギアが自分から口をきいた? 話しかけられもしないのに? こんなときでも奇蹟は起こるんだわ!

「《マノア》からそれなりの指示があると思う」グニール・ブリンダーソンはいった。

驚いた! かれらが突然しゃべるようになった。鉄は熱いうちに打たないと……そんな古い諺《ことわざ》が、たしかあった。

「いつも指示を待っているだけではだめよ」ラクエルはいった。「自分自身の考えを展開しないと。あなたたち、老練な船乗りでしょう。友たちを危険な目にあわせずに、あの異人をこちらの意のままに動かす方法を知っていたら、教えてちょうだい」

信じられないことが起こった。うまくいったのだ。ジャルアが前かがみになって、スイッチを動かしている! グラシット製スクリーンがついている古めかしいヴィデオ装置に地図があらわれた。さらに会話はつづく! ジャルアがいった。

「わたしがマークスだったら、パラワン島沿岸のどこかに新しいかくれ場を見つけるね。

なんと、ここには一個連隊がかくれるのにも充分な窪地や洞窟、深淵や海溝がある。わたしなら、シンコウ島からパラワン島に行くもっとも安全な道を探す」

「それはどこだ、ジャルア？」グニールはたずねた。「どれが安全で、どれが安全でないとマークスが判断するか、わかるのか？」

「深海を安全だと思うだろう。空中を移動したくないことは、わかっている。そうでなければ、潜水服を手に入れたりしないだろう？　深ければ深いほどいいのだ」ジャルアはすこし不慣れな手つきでスクリーンの表示装置を調節した。光る矢印がしばらくあちこち動いたが、やがて狙ったところでとまった。ラクエルとフリーヤは目をまるくして顔を見あわせた。北国の寡黙な男ふたりが、本当にほんのすこし活気づいたようだ！

ジャルアはつづけた。「そこだ、見てみろ。サビーナ海溝だ。シンコウ島の東、八十キロメートルからはじまって、八百メートルほどのほどよい深さでパラワン島にまっすぐに通じている。険しい壁を持った海底谷ではなく、美しく幅ひろい見晴らしのいい水路だ。わたしがマークスだったらそこへ向かうだろう」

「で？　それがわかっても、われわれにどう役だつのか？」グニールはたずねた。

「捕虜たちはあとから泳いでくる。マークスは効果的な武器を持っているから、捕虜にそばをはなれないようおどすことができる。逃げだそうとすれば撃ち殺すだろう。だが、われわれが捕虜を助けようとすれば、マークスはこちらを撃つ。やつに反応する時間をあたえるのはまずい」

ジャルア・ハイスタンギアがこれまでの人生でこれほど多くの言葉をしゃべったことはなかっただろう。ラクエルは断言できると思った。

「それから？」グニールは迫った。「なにか考えがあるなら、いってみてくれ」

「小型転送機なら投げおとせる、そうだろう？」ジャルアはうれしそうにいった。「かつて古代の海戦に使った魚雷のように。なにが落ちてきたか、マークスにはわからないだろう。たしかに、ほんのすこし注意をそらさなければならないが。二、三分間、やつの注意が捕虜からそれるようにすればいい。そのあいだに、四人は転送機でさっさと消える」

ラクエルは笑いだしそうになった。なんておもしろい考えなの！　転送機を海中に投下するとは。そんな救出方法を考えだしたことを、どうやって捕虜に知らせればいいのか？　知らせること自体、それほどむずかしくはない。短いテレパシー・インパルスでリンダに情報を伝えれば、あとは彼女が……でも、あのマークスのことだ！　転送機がおりてくれれば、危険を察知して粉々にするだろう。だからどうだというの？　百個も転送機を投げこめば、すくなくとも四つはのこるのでは？　それがジャルアのいった、注意をそらすということなのだ！

よく考えれば、それほど荒唐無稽なアイデアではない。フリーヤを見ると、うなずいている。ラクエルは立ちあがって、風雨にさらされ鍛えられた海の男の顔をした操縦士の肩に手を置いた。

「イトコルトルミットの人。きっと人生ではじめて三言以上つづけて話したんでしょう。そして、すばらしいアイデアを出してくれたわ。もっとしょっちゅうやるべきよ」

ジャルアはラクエルを見あげた。そのグレイの目はうれしさに輝いていた。

「本気でいってるのか？」ジャルアはたずねた。

「一語一句、すべて本気よ」ラクエルは確信をこめていった。「あなたの計画はすばらしい。すぐに《マノア》に伝えるわ」

*

「出発の準備をしろ」グレク336はいった。

「どこに行くんだ？」レジナルド・ブルはさりげなくたずねた。

「つねにわたしのうしろをついてこい」と、原理主義マークス。「わたしはきみたちをいつも見張っている。いい逃走チャンスだなどと考えたら、わたしの武器の威力を知ることになる」そして、スペックのほうを向いた。「水中を長時間移動できるか？」

「できます」スペックは答えた。「しかし、あなたには速度が不充分に見えるかもしれません」

「いざとなったら、おまえを引きずっていかなければならないな」マークスは決心した。

「ゆっくりと移動するわけにはいかないのだ」

「そんなことはどうでもいい。わたしはここにのこりたい」ブルは説明した。

「きみには話しかけていない。ここで指示をあたえるのはわたしだ」

「なるほど。無理やりこんな潜水服を着用させて、自分が推進装置を操作するつもりだな」

「ついてくるのを拒否すれば、命はない」マークスは説明した。

「もうやめろ、グレク336」ブルは腹をたてた。「いったいなにがしたいんだ？　われわれは人質だぞ。いっしょに行くのを拒むといえば、全員を殺すのか。それからどうするんだ？」

「最初に逆らう者は、命でその代償をはらうことになる。そうすればほかの者は、わたしに楯突くことは賢明でないと納得するだろう」

「そう思うか？」レジナルド・ブルはにやりとした。「ひょっとして、きみはわれわれを見損なっている。いっておくが、テラナーはかなり頑固だ」

「わたしの計画の実行をじゃまするな」

「いや、するとも」ブルは答えた。「きみがわれわれをかたづけたら、全テラがきみに襲いかかり、粉々にする。不名誉な最後の原理主義マークスは、人類の幸福のために存在を終えるのだ」

「そんなことがあるわけはない！」グレク336は嘲笑した。「わたしは孤軍ではない。強い同盟者がいる」

「だれだ？」ブルはあっけにとられて、たずねた。

マークスは一瞬ためらった。怒りであまりに先走ったのではないか？　そもそも黙っていようと思ったことを口ばしったのではないか？

「力強き者、ヴィシュナだ」グレク336はいった。

レジナルド・ブルは立ちあがった。驚きでいっぱいの目で原理主義マークスをじっと見つめて、

「ヴィシュナと同盟を結んでいるのか？」思わずたずねた。「よりにもよって、肉体にこだわる原理主義者が、肉体を仮面としてのみ使うコスモクラートの変節者と？　なんてことだ、きみの頭のなかはすべておかしくなっている。その証拠がほしければ……」

「嘘だ！」マークスのしわがれた声がとどろいた。

「だれに向かっていっている？」ブルはからかった。「われわれは不本意ながらヴィシュナを長く相手にしてきた。その具象も知っている。スリマヴォ、ゲシール、ベリーセだ。きみのような肉体にこだわる者が、衣服のように肉体を脱ぎ着する者の援助を当てにするのか？　おそらく通常は完全精神存在として、われわれには想像もつかない連続

体にいる者を……」

マークスはひどく興奮していた。触腕を二本くりだし、いまにもブルに跳びかかりそうだ。ジェフリー・ワリンジャーとエルンスト・エラートはショックでかたまったように立っていた。リンダ・ゾンターは横坑の出入口近くにしゃがみこんでいる。スペックが浮遊してきた。

一瞬、原理主義マークスの背の高い姿に衝撃のようなものがはしった。二本の触腕がだらりとさがり、力なくグレイの外殻にそって垂れる。

「これは……どういうことだ?」しわがれた声でたずねた。「わたしの面前で精神の力を使ったな?」

グレク336は横を向いた。ゆっくりと巨大なボディを動かして、リンダに向かっていく。若い女は起きあがった。その目は驚愕で大きく見開かれていた。なすすべもなく腕をあげ、顔を守る。

「どうしても……使わなければならなかったのよ」リンダはいった。「かれらに、あなたとヴィシュナがつながっていることを知らせなければ……」

「スペック!」レジナルド・ブルは叫んだ。

多目的ロボットが突進し、激怒するマークスの前に立ちふさがる。ワリンジャーとエラートは怒りをこめた叫びとともに、グレイの巨大な姿に襲いかかった。

シンコウ島の洞窟はカオスとなった。

＊

キャビンの細いハッチが猛烈な勢いで開き、音をたてて壁にぶつかった。開口部からブラナー・ニングスがよろめきながら出てくる。その青白い顔を見れば、ここ数時間の苦労がわかった。ラクエルはクロノメーターを見た。一時間も眠っていないのだ。

「ヴィシュナ……」ブラナーは喉を鳴らしながらいった。「ヴィシュナです。リンダがいうには……マークスはヴィシュナとつながっている」

ラクエルは跳びあがり、疲れはててぼんやりしている者をシートに導いた。

「もう一度いって」ラクエルはもとめる。「ゆっくり、はっきりと。あなたはリンダとコンタクトしたの？」

「ええ」ブラナーはうなずくと、無表情のままじっと前を見て、「リンダはパニック状態でした。彼女の思考はわたしが驚いて目をさますほど強かった。マークスのグレク336が、ヴィシュナと同盟を組んでいると認めたそうです」

「なんてこと」ラクエルはうめいた。「それでリンダは、マークスのいる前であなたにコンタクトをとったのね？」

「そうです」

ラクエルは急に振りむいた。

「フリーヤ、《マノア》へつないでちょうだい」

「そうだろうと思った」答えが返ってきた。フリーヤはコンソールを操作し、「連絡がついたわ」

ラクエルはマイクロフォンを自分のほうに引いた。

「《アルセール》から《マノア》へ緊急連絡。リンダ・ゾンターがブラナー・ニングスと短いテレパシー・コンタクトをとりました。マークスは洞窟にいる。リンダが危険です」

＊

グレク336は力強い腕で男三人をはらいのけた。しかし、三人はまた立ちあがって、若い女をかこむ。マークスははげしい怒りをおぼえた。この女は罰せられなければならないのだ。償いをさせなければ。

スペックと呼ばれるロボットが滑るようにやってきた。

「あなたはわたしの義務を知っているはずです」ロボットはいった。「プログラミングのその部分は変えられませんでした。わたしは彼女を守ります」

「道をあけろ、ロボット」グレク336は大声でわめいた。「今回はおまえにじゃまはさせないぞ」

「残念ですが、わが友」スペックはいった。「ほかに選択肢はありません」

マークスの触腕一本が前に飛びだし、ロボットをつかむと、わきにほうりなげた。スペックは岩壁にぶつかり、大きな金属音をたてた。それでもすぐまたマークスに向かっていく。

「どけ！」原理主義マークスは叫んだ。「さもなければ、われわれ、友ではない」

「友？」ロボットはくりかえした。「わたしはあなたに全面的に服従するといいましたが、あなたの友ではありません。その言葉の意味がわからないからです」

「それならこの件でもわたしのいうとおりにしろ」マークスの怒りははげしい。

「不可能です」スペックは答えた。「それはあなたもわかっているでしょう。わたしは人間に仕えるようにプログラミングされています。あなたはプログラミングの大部分を書きかえましたが、人間に危害がくわえられるのを黙って見すごすのは許されないという部分は消えていません」

第三の声がこの会話にまじった。

「いまならまだなんとかなるぞ、マークス」レジナルド・ブルが叫んだのだ。「われわれ全員を殺して、どんな得がある？」

「全員ではない」グレク３３６は甲高い声でいった。「完全な精神の力を使うこの女だけだ」

ブル、エラート、ワリンジャーはリンダをかこむように立った。ブルがきっぱりいう。

「われわれを殺さずに彼女に近よれるものなら、やってみろ」

スペックが横から滑るように近づいてきた。グレク336は一瞬ためらった。怒りが行動を支配するのはまずい。いま自分がやろうとしていることは、いちばんの目的ではない。女を処罰するのを思いとどまろうとした。しかし、それを口にする前に、頭のなかで声がした。

「マークス、わたしの友を脅しているようだな！」

その声は聞きおぼえがあった。グライダーで島に近づき、交渉してきたテラナーだ。声は通信経由でとどいたので、洞窟内ではだれにも聞こえない。こちらも声を出さずに通信で答えた。

「この女は精神の力だけできみたちにメッセージを送ろうとした。忌まわしい行為だ」

「われわれにとってはそうではない、マークス」テラナーはいった。グレク336はこれまでに人間の言葉のニュアンスを聞き分け、判別することを学んでいた。この人間は真剣だ。その声から決意のかたさがうかがえる。「きみに警告したはずだ。これ以上、人間の命を危険にさらすことは許さない」

スペックは停止した。人間四人はマークスをいぶかしげに見つめる。なぜ突然グレク

３３６が動きをとめたか、全員わからなかったからだ。しかし、マークスは通信相手のきびしい態度に反感をおぼえていた。女を罰することはやめるつもりだったのに、このテラナーの態度で気が変わった。

「だったら、どうするつもりだ？」ばかにしたようにたずねる。

相手の返事を聞いた原理主義マークスのなかに、驚愕の念が満ちた。予想もしなかった内容だ。こんな可能性は考えていなかった。これ以上悪いことは起こりえない。

グレク３３６がテラナーに答える力をとりもどすまで、しばらくかかった。

＊

ジュリアン・ティフラーは《アルセール》からの報告で跳びあがるほどびっくりした。リンダがあぶない！　あのような状況でブラナー・ニングスとテレパシー・コンタクトをとるとは、なんと責任感の強い、また同時に、なんと慎重さに欠けた女だろう。それも、グレク３３６がヴィシュナの同盟者だといったことを報告するだけのために！　みなとっくに予想していたことではないか？

ブラナーが気力を振りしぼって、なんとかラダカムのところまできた。

「きみのメンタル聴覚を開いてもらいたいのだ、若者よ」首席テラナーはたのんだ。「マークスがリンダに本当に攻撃をくわえるかどうか知りたい」

ブラナーはうなずいた。緊張し、疲れはてているようだ。

「すぐに仕事をはじめます」

ティフラーはガルブレイス・デイトンの執務室に連絡をとった。

「ちょうどよかった」宇宙ハンザの保安部チーフはいった。「たったいま、三番めの貯蔵庫が見つかったという報告を受けました。われわれ、この三カ所の周囲を……」

ジュリアン・ティフラーは手を振って、相手の話を中断した。

「指示を出してもらいたい。爆破の用意を」

デイトンはあっけにとられている。ティフラーは短く状況を説明した。

「かれを挑発するつもりですね」首席テラナーが話し終えると、デイトンはいった。

「必要最小限だ」ティフラーは答えた。「やつに、可能性がかぎられていることをきっぱりと教えてやらなければならない」

「すこし前に、貯蔵庫のひとつでなにかしたようです」ガルブレイス・デイトンは解説した。「痕跡がはっきりとのこっていました」

「つまり、エネルギーを充填したのだ。こちらは可能なら数週間でも、やつが次に貯蔵庫の近くに姿をあらわすのを待てただろう。必要に迫られれば、それだけ……」

デイトンは手をあげた。

「すでにはじめています。数分間後には爆破の用意ができるでしょう」

ティフラーはうなずいて、

「ロボット艇はこちらに向かっているのか？」

「十二隻ぜんぶが、予定した集合場所へ数時間のうちに到着します。転送機は潜水艇十隻に分けて乗せます。あなたの指示が必要です」

「《アルセール》が最初の積み荷を受けとる」ティフラーは決定した。「そこの操縦士がこのアイデアを考えだした」

「はじめはなにがなんだかわからなくて、髪の毛を掻きむしりそうでしたよ」デイトンはにやりとした。「しかし、考えれば考えるほど、実行可能に思えてきました」

「わたしも同じだ」ジュリアン・ティフラーは認めた。「とんでもないアイデアだが、こんなにいきづまった状況で最後に決着をつけるかもしれない」そこでもうひとつのラダカムが鳴った。「そのまま切らないでいてくれ、ガルブレイス。《アルセール》だ」

ブラナー・ニングスからだった。

「リンダの思考を受信しました」ブラナーは声をひそめていった。「インパルスを送ってはこなかったのですが、プシ増幅装置の助けで知覚できたのです。彼女がひどく不安を感じているから、思考活動が異常にはげしくなっているのだと思います」

「リンダはなにがそんなに不安なのだ？」ティフラーは口をはさんだ。「グレク３３６に脅されているのか？」

「そのようです……」

「ごくろう、ブラナー。大変かもしれないが、仕事をそのままつづけてくれ」

ティフラーは接続を切ると、デイトンにいった。

「マークスがリンダを脅している。用意はいいか？」

ガルブレイス・デイトンは横を見て、うなずいた。

「用意できました」

「爆破！」ジュリアン・ティフラーがデイトンにいった。

デイトンが指示を出す。宇宙ハンザの保安部チーフは、カメラの視野外にある計器に目をやった。

この瞬間、太平洋海底の異なる三地点で、人工火山の火口のような巨大な口が開いた。分別された容器から圧縮ガスが流れでる……酸素と水素、テラ科学が教える爆発性の混合気体だ。起爆装置はセットしてある。ロボット艇が安全な距離からそれらを操作していた。爆発音が深海じゅうにとどろいた。はげしく燃えあがり噴きでる炎が、満々たる冷たい水のなかを突進する。爆発の勢いで泥の塊りが舞いあがり、直径数キロメートル範囲にまでひろがった。

ゆっくり轟音《ごうおん》が消えていく。深いあばたのような穴が三つ、大海の底にできた。原理主義マークスのエネルギー貯蔵庫があった場所だ。デイトンは目をあげた。

「爆破は成功」緊張した声だった。「マークスの貯蔵庫はもう存在しません」

「そこにいてくれ、ガルブレイス」ジュリアン・ティフラーはたのんだ。「いまからだいじな話をする。いっしょに聞いていていてほしい」

以前マークスと連絡をとったチャンネルにスイッチを入れ、重々しい声でいった。

「マークス、わたしの友を脅しているようだな！」

わずか数秒で答えが返ってきた。

「この女は精神の力だけできみたちにメッセージを送ろうとした。忌まわしい行為だ」

「われわれにとってはそうではない、マークス。きみに警告したはずだ。これ以上、人間の命を危険にさらすことは許さない」

「だったら、どうするつもりだ？」グレク336が嘲笑するようにたずねた。すこし考えたあとだ。

「よく聞け、異人」ジュリアン・ティフラーは答えた。「きみはこれまで自分の意志をこちらに一方的に押しつけられると思っていた。そろそろ、惑星全住民を相手にすればほとんど無力であることを教えてもいいころだ。われわれ、エネルギー貯蔵庫三つを発見した、マークス。それらは一分前に粉々になった。二種類の気体が混ざりあい、火がつけば、どれほど勢いよく燃えるか、きみはよく知っているはずだ。きみにはもうエネルギー・ストックはない。すこし前に補給したようだから、数日あるいは一、二週間、持ちこたえられるかもしれないが、われわれが目を光らせるぞ。またハイパーコン吸引ステーションを襲撃したら、きみはその場で捕まり、終わりだ。きみの意志をわれわれに無理やり押しつけることはできない、マークス。きみは強く勇敢だ……その言葉がきみにとり、いくらか意味があればの話だが。それでも、われわれはきみに勝《まさ》っている。リンダ・ゾンターをそっとしておき、わたしとの交渉に集中するのだ」

マークスの答えが返ってくるのに、一分以上かかった。

「いうことはわかった」ゆっくりとした口調だ。「考える時間をくれ」

「リンダ・ゾンターの安全を保証するか？」ジュリアン・ティフラーは迫った。

「次の話しあいまでは、保証する」マークスは答えた。

6

もう自分の出る幕はないのか？　マークスは確信が持てなかった。いまだに捕虜が四人いる。それにロボットも。テラナーたちはこちらを包囲し、エネルギー貯蔵庫を破壊したが、なんの手出しもできない。かれらにとっては人間の命がだいじだからだ。それはグレク336も学んでいた。

それに、自分には同盟者がいる。彼女の助けが必要だ。強き者ヴィシュナは力になってくれるはず。しかし、コンタクトがなかなかとれない。時間ダムに不規則に生じる亀裂にたよらざるをえないからだ。こちらの送信内容はすべて、たがいに約束したコードで送られ、ちいさな断片となって外に出る。ヴィシュナはそれを苦労してならべなおし、メッセージを再構成しなければならない。

しかし、ほかに方法がない。さしあたり、テラナーたちを脅すことはできた……すくなくとも洞窟に閉じこめている四人は。メッセージをまとめて、何度か次々に送信する時間はのこっている。最後の瞬間に怒りを抑制できて、あの女を寛容にあつかったのはよかった。将来的には自分の感情をコントロールしなければならない。感情のおもむくままに行動してもいいことはない。

メッセージはできるだけかんたんに短くした。自分のおかれている状況を説明し、ヴィシュナの助けなしでその意志にしたがった役目をはたすことはもうできないだろうと、はっきりいった。どのような助けを期待しているかは伝えない。それはヴィシュナと、その底知れぬ聡明さの源……ヴィールス・インペリウムにゆだねることにした。

メッセージを暗号化し、エネルギー・ブロックの特殊装置の助けで一万回、つづけざまに送りだす。それに時間をかけた。時間ダムの構造亀裂は数にかぎりがある。一秒間に一万回送るのが限度かもしれない。しかし、それがなんだというのだ？　メッセージを到達させるのに適した亀裂が必要なのだ。

十分後、やり終えた。ヴィシュナの答えが返ってくるまで、どのくらいかかるかわからない。そもそも、メッセージが強き者にとどくかどうかさえ、わからないのだ。このあいだに適当なかくれ場を見つけよう。安心して、ゆっくりとヴィシュナの返事を待つことができる場所が必要だ。

グレク336は潜水服を身につけるようにテラナーたちに命令した。今回はみな反論することなく、おとなしくしたがった。こちらの意志のかたさを感じたのだろう。テラナーたちが自分の命令に素直にしたがうのを見とどけ、この日すでに二回話をした男と連絡をとり、こういった。

「テラナー、わたしは捕虜といっしょに出かける。約束どおり、女には危害をくわえていない。なにが友のためになるかわかっているなら、よけいな手出しはしないことだ。かれらはいまも人質だ。きみからの脅威を感じたら、その命はない」

＊

《マノア》からの報告が入ってきたのとほぼ同時に、ジャルア・ハイスタンギアが興奮して探知装置のスクリーンを指さした。

「移動しはじめた！」ジャルアは叫んだ。

ラクエルは飛んでいって計器を見た。マークス自身のリフレックスがはっきりとうつっている。そのすぐ近くに、ちいさいがくっきりとした光点があった。二十メートル以上の間隔をあけて、四つの影がマークスを追っている。一団はつねに時速六十キロメートルで進んでいた。ジャルアのいったとおり、サビーナ海溝へ向かっている！

「転送機を搭載した潜水艇、スタート準備」ラクエルはいった。

フリーヤが指示を転送した。《アルセール》は潜水艇部隊十隻の指揮艇となっている。《マノア》があらたな連絡をよこした。ジュリアン・ティフラーの顔がスクリーンにあらわれる。

「計画どおりに出動。こちらに攻撃の意図がないことは、マークスに説明した。武器を使ってはならない、いいな？　一方で相手は、こちらがけっして目をはなさないこともわかっているはずだ。マークスを追跡する潜水艇は相互協定の枠内で移動する。かれが捕虜とともにサビーナ海溝に沿って移動するあいだ、ロボット艇十二隻は東から近づいて相手の前と上にとどまり、とりきめた瞬間に攻撃すべく待機する。よろしいか？」

「了解です」ラクエル・ヴァータニアンの顔に少年のような笑みが浮かんだ。「われわれ、出発します、《マノア》」

ほかの九隻にも指示が出され、小部隊は出発した。マークスが探知を逃れようとするようすはない。部隊はそのうしろ十キロメートルの安全な距離をたもった。このあいだにマークスの一団は速度をあげ、時速七十キロメートル以上で移動していた。それは、セリム・オプランから奪った潜水服の推進装置が出せる最高速度だった。

「われわれは水深四百メートルを走行する」ジャルア・ハイスタンギアがしばらくしていった。サビーナ海溝の深い水路が探知スクリーンにくっきりと出はじめたときだ。

「スピードをあげて、イトコルトルミットの人」ラクエルは警告した。「そうじゃないと、追いつけなくなるわ」

「アイ、アイ」ジャルアはつぶやいた。

ラクエルは振りむいて、

「ブラナー、まだ仕事をしているの？」

ブラナー・ニングスは援助のプシ増幅装置が設置されたテーブルのうしろにすわり、悲しげにほほえんだ。

「そうですよ」

「大丈夫、ブラナー。せいぜいあと一時間よ。終わったら、わたしが寝かせてあげる」

「それは約束なのか……」ブラナーはつぶやいた。

探知スクリーンにロボット艇の一団があらわれ、グレク336がひきいるグループを追いぬいた。戦闘隊形はできていた。

「全部隊、間隔を詰めて」ラクエルは指示した。「転送機を投下するつもりなら、マークスの上にこなければならない。ブラナー？」

「はい！」

「もうじきよ」

＊

三人と一体は真っ暗な深海を移動していた。前をグレク336が行き、道をしめすために投光器をつけている。もしだれかがあまりにもほかの者より遅れたり、別方向に行ったりしたら、武器を使うつもりだろう。マークスは前方同様に後方も見ることができるし、海底の暗さにも困らない。ロボットも連れていた。六本ある触腕の一本でつかんでいる。この危険な道で行く手を阻《はば》む者があれば、のこりの五本でかたづけることができる。

リンダ・ゾンターは一団の最後尾にいた。マークスのうしろから遅れないようについていくのに必要なわずかな軌道修正をする以外に、なにもすることはない。自分自身の使命に集中する時間があった。ブラナー・ニングスからの連絡を待っていたのだ。なぜかこの逃避行は、グレク336が考えている目的地には着かないような気がする。ジュリアン・ティフラーはフィリピンの西に数百隻からなる捜索艦隊を招集していた。すでに戦闘計画はできあがっていて、ブラナーがそれを知らせてくるはずだ。このような状況ではマークスの怒りを買うこともないだろう。捕虜をいっしょにひとまとめにして、コースからはずれないようにするので精いっぱいなのだから。

リンダはブラナーの連絡を待っていたが、それでも、最初のインパルスが意識にあらわれたときは驚いた。

〈リンダ……？〉

数秒間、投光器の動きを目で追った。マークスは相いかわらずコースをまっすぐどこまでもたどっている。引きかえすとか、テレパシー・インパルスの発信源を調べるとか、そんなようすがないことを確認した。

はなれていないの〉

〈ここよ〉リンダは答えた。〈気をつけて。グレク336とは二十メートルくらいしか
〈きみはそんなにしゃべらなくていい〉ブラナーはなだめた。〈ほとんどわたしが話すから。マークスへの陽動作戦がはじまれば、やつはすぐにきみたちのことを気にかけなくなる。いまから小型転送機をたくさん落とす。エネルギー・フィールドにつつまれた籠《かご》だ。フィールドが光るから、きみたちのいるところが真っ暗でも、籠は見えるだろう。重要なのは、きみたちが心がまえをしておくことだ。ほかの人たちにも知らせることができるか？〉

〈できるわ〉リンダは答えた。

〈こちらはすでに投下の用意ができている。ほぼ百個の籠が落ちてくるだろう。マークスはそれがなにかわからないから、そのうちのいくつかを破壊することは想定している。それでも、きみたち四人には充分すぎるほどのこるはずだ。投下は五分後におこなわれる。われわれはそれほどはなれていない。十分で最初の転送機が見えるはずだ。わかったかい？〉

〈わかったわ〉

〈それでは……幸運を祈る！〉

リンダは推進装置を操作した。速度があがり、ほかの者たちとの間隔が詰まる。潜水

服を身につけているので、言葉をかわすことはできない。それでも意思疎通に問題はなかった。ブル、エラート、ワリンジャーは、だれかがリンダとテレパシー・コンタクトをとるだろうと思っていたのだ。だから、報告を受ける心の準備はみなできていた。

リンダはジェスチャーで伝えた。なにかが高いところから落ちてくる……全員、理解した。なにか光るもの、白熱するもの……これも理解した。それに注意すること。自由への道だから。レジナルド・ブルはおや指とひとさし指で丸をつくり、のこりの指をのばした。何千年も前から変わらないジェスチャー……〝了解〟だ。

＊

奇妙なものに最初に気づいたのはグレク336だった。エネルギー・センサーが反応したのだ。高いところからゆっくりと回転しながら落ちてくる。次から次へ……すくなくとも百個はあるだろう。感覚ブロックの視覚器官を上へ向けた。それらは虹色に輝く光につつまれ、強いエネルギーを放射している。一瞬、爆弾だと思うところだった。しかし、よく考えてみると……テラナーは仲間に爆弾を落としたりはしない！

さらに注意を引くものがある。潜水艇が十二隻、前方から近づいてくるのだ。とりきめた安全境界内にとどまろうとしているようだが、探知装置でどのような部隊かわかる。みな同じタイプのロボット艇で、ポート・ホバートの東で破壊したものと同種類だ。

心に刺すような痛みをおぼえた。テラナーがしかけてきたトリックはちゃんと見ぬいている。ロボットへの自分の思いを知っていて、だからあのロボット艇をよこしたのだ。こちらが攻撃をためらうと思っているのだろう。

頭が混乱する。また虹色のものに目を向けた。海面近くから雨のように降ってくる。なにかわからないが、危険なものにちがいない。テラナーが投下したものだから……それだけの理由だった。

十分の一秒もかけずに、武器の照準を合わせた。分子破壊銃の薄グリーンのビームが、最初の光るものにのびていく。深海の暗闇を抜けて稲妻がはしった。ビームはさらに移動して、第二、第三、第四の光るものにのびていく。まるで子供の遊びだ。なぜテラナーはわざわざこのような芝居じみたことをするのか。

やがて、ロボット艇が向かってくるのに気づいた。約束した安全距離よりずっと近づいている。交渉したテラナーに問いあわせ、協定違反を非難するべきだろうか？　それには遅すぎる。このタイプの艇を攻撃する気にはどうしてもなれない。太平洋海底でロボットを破壊した記憶があまりにも鮮明にのこっているのだ。回避する以外に選択肢はない。

そのときになって、背後から追ってくる影に気づいた。感覚ブロックの探知・走査センサーで調べる。違う、ロボット艇ではない。人間が乗って操縦している。それなら、防御できる！

＊

「気をつけて！」ラクエル・ヴァータニアンは叫んだ。「グレク336がロボット艇に気づいたわ……回避しようとしている……いま、こちらを見つけた」

《アルセール》はグレク336が連れて逃げている一団の上方、百メートルたらずのところを移動していた。緊急予備隊の役割を負っているのだ。高いところから投下された転送機が目標をはずしたら、艇内にある十個の転送機をより近い距離で捕虜たちの上に落とせるように。

「相いかわらず多目的ロボットを引き連れている」探知・走査装置を操作しているフリーヤ・アスゲイルソンが伝えた。

「それは心配しなくていいわ」ラクエルはいった。「マークスが速度を落とした。なんてこと！　この艇に防御手段はあるの？」

「お手あげだ」グニール・ブリンダーソンはあっさりと答えた。「これは戦闘用の潜水艦ではない」

光が深海の闇のなかを抜けた。《アルセール》は強い衝撃を受ける。警報が鳴った。探知スクリーンが一瞬揺らめき、ふたたび安定した。

「持ちこたえた」ジャルア・ハイスタンギアはうなった。

「至近距離からかすめていったが」

「距離はごくわずかよ。全速力でこっちに向かってくる！」フリーヤが叫んだ。

探知スクリーン上に捕虜四人のリフレックスが見えた。《アルセール》司令室の近くにいる。

「転送機、投下」ラクエルは緊張した声でいった。

ジャルアはレバーを動かす。軽い衝撃が艇内にはしった。視覚スクリーンに幻想的な光があらわれ、十個の籠型転送機がゆっくりと揺れながら落下していく。

「こんどはこっちが逃げだすときだ」ジャルアがいった。

「まだ待て！」グニールが叫んだ。

薄グリーンの光がキャビンをつらぬき、金属が苦痛に満ちた叫びのような音をたてた。ラクエルはからだごと浮きあがったと思ったら、そのまま飛ばされた。大きく骨ばっているが柔軟性のあるものに勢いよくぶつかり、そこでとまる。混乱して目をあげると、にやにやしているグニールの顔があった。その腕に抱きとめられたのだ。

「壁よりましだっただろう？」グニールはラクエルにほほえみかけた。

「こちらを見て！」フリーヤが叫んだ。「ロボットが！」

まばゆく白熱したものが深海の暗闇をとおして見える。マークスのすぐ隣りに青白い炎の球ができた。どういうことか、ラクエルは直感的に理解した。あの多目的ロボットはスイッチを切ってあったのに、ジェネレーターはそのまま作動させていた。エネルギーを消費しないから、一種の過充塡状態になって、最後は爆発にいたったのだ。ロボットがみずからを犠牲にしたということ。マークスのシルエットは真っ暗な海水の向こうであてどなく揺らめいている。そのコースを投光器がしめしていた。それほど深刻な損傷は受けなかったようだが、爆発のせいで一時的に方向感覚を奪われたらしい。

ラクエルは四つのリフレックスが籠型転送機の虹色の影に向かって滑るように動いていくのを見た。数秒後、それらは消える。ラクエルはグニール・ブリンダーソンの抱擁から逃れたが、感謝の気持ちをこめてやさしい目を向けることは忘れなかった。

「ジャルア!」ラクエルは大声でいった。「まだ可能なら、すぐにここから逃げましょう!」

「なんとかなるだろう」操縦士はおちついてつぶやいた。「つまらん分子破壊ビームなんかじゃ、この古きよき《アルセール》はまいらないさ」

＊

「あぶなかったな」ジュリアン・ティフラーは目の前の人々を心配げに見つめた。どの顔も疲れはてている。

そもそもパラワン島のプエルト・プリンセサにある海洋パトロールの本部で祝勝会がおこなわれるはずだった。投下された転送機が調整された場所だ。しかし、その場のだれもお祝いどころではない気分だった。ここ数日の緊張と肉体的な疲労が、救出された者たちの顔にくっきりと浮かんでいる。

「転送機の大半は的をはずしたようだ」レジナルド・ブルはいった。「いちばんかんたんに近づけたのは《アルセール》から投下されたものだった」

「それらもすべて役にたたなかったかもしれません」ジェフリー・ワリンジャーも同意見のようだ。「スペックが、われわれのためにみずからを犠牲にするというりっぱな考えにいたらなければ」

「スペック？」ティフラーはたずねた。

「われわれはそう呼んでいる」ブルが手を振った。「わたしがこれまでに個人的な感情をいだいたロボットがいるとすれば、それはスペックだ」

「過充塡ですよ」ワリンジャーは注釈をつけた。「たんにエネルギーがいっぱいになったせいで、爆発したのです。それがなかったら、《アルセール》ともども、われわれも助からなかったでしょう」

しばらく沈黙がつづいた。それから、リンダ・ゾンターがたずねた。

「マークスはどうなったのでしょう。爆発でなんともなかったのかしら？」

「わからない」ジュリアン・ティフラーは答えた。「だが、なにか被害をこうむったとしても、自己修復できる。かれは猛スピードで現場からはなれた。南東の方向だ。こちらの部隊では追いつけないほど速かった。前衛ステーションには警告したから、そのうちのひとつかふたつが探知できるといいのだが」そういうと、最後に、「とりあえず、われわれはグレク336を見失ったわけだ」

「わたしはずっとかれのことを考えていました」エルンスト・エラートがいった。「最初、頭がおかしいのではないかと思いました。みんなも同意見だったでしょう」まわりを見まわすと、そこにいる者の大半はうなずいている。考えこむように、話をつづけた。

「実際は、まったく異なるメンタリティの持ち主というだけだったのかもしれません。マークス文明は将来、精神化傾向のもとでひどく悩むことになるのでしょう。グレク336は人類が同じような目にあうのを防ごうとした。ひどくばかげているように聞こえるかもしれませんが、かれが引き起こしたすべての混乱は、本当にわれわれの幸せを願ってのことだったのかも」

「いつの日か」ジュリアン・ティフラーはいった。「われわれはかれを見つけて、話ができるだろう。それまでは、本当の動機は推測するしかない」

「いいアイデアがある。なんだかわかりますか？」エラートはたずねた。

「わからない。なんだ？」

「この時代のマークスを数名集めて、グレク336のあとを追わせるのです。かれらとなら、すこしはグレク336も冷静に話ができるかもしれない」

ティフラーはしばらく考えてから、いった。

「それは注目に値いするアイデアかもしれない。やってみよう」

ジェフリー・ワリンジャーが居眠りしている。

「疲れているきみたちに退散してもらう前に、あとひとつ」と、ティフラー。「LFT主通信センターの女技術者フォンテーヌ・シャリセが気づいたのだが、じつに興味深い手がかりを得た。彼女はすでにしばらく前から、時間ダムを抜けて入ってきた奇妙なインパルスに関心をよせていたが、だれもまともに耳をかたむけようとしなかったという。しかし、きょうあらたにインパルスを確認したらしい。ただし今回は、インパルスは入ってくるのでなく、出ていったのだ」

「わたしが思うに」レジナルド・ブルはいって、あくびを嚙み殺した。「マークスが外へ発信しようとしたんだろう」

「内容はまだ完全には解読されていない」ジュリアン・ティフラーは答えた。「しかし、実際、グレク336は時間ダムの向こうのヴィシュナとコンタクトをとろうとしたようだ」

バードンはメコン・デルタの出入口にあるみすぼらしいちいさな港だ。そこより先には《アルセール》は進めなかった、分子破壊ビームが命中して機首が破壊されたからだ。ジャルア・ハイスタンギアは絶対の自信を持っていたのだが。

*

そう、そんな店はNGZ四二六年になってもまだあった……換気が悪く、なんともいえない空気がよどんでいる港の飲み屋だ。損傷を受けた潜水艇の乗員たちはそこで円形テーブルをかこみ、飲んで景気をつけた。店主がニン＝ダオと名づけた酒で、なにからできているのか、だれも知らない。

「あとひとつだけ知りたいの、みんなにさよならをいう前に」ラクエル・ヴァータニアンはもう、いつものようには呂律《ろれつ》がまわっていない。「グニール・ブリンダーソン、あなたはでくのぼうだわ。なぜ、わたしにまったく興味をしめさなかったの？」

名指しされた男はためらいがちに、すこし赤くなった目をあげた。

「本当に知りたいのか？」グニールはそうたずねて、ジャルアとフリーヤのほうをかわるがわる見た。ふたりの了解をたしかめるように。

「そう、知りたいの」ラクエルは強固にいいはった。

グニールは細いストローでカップのなかを何度もつついた。

「もう九カ月も前になる」やがてためらいがちに話しはじめた。「テラニアでポルレイターが最後の大騒ぎをやったときだ。わたしはかれらの思いあがった態度にかなり抵抗したひとりだった。当時、冷静でなかったことは認めるが、テラの状況に非常に興奮していたんだ。われわれのグループのほかの者たちもそうだった。そのうちの数人がやりすぎてね。自分たちの意見を強調するため、爆弾カプセルを投げようと持ってきていた。はじめはまったくしずかで平和的だった。われわれはデモをしていて、反デモ隊と出会った。どう見てもまったくふつうの人間なのに、みずからポルレイター気取りでいる連中だ。その場の雰囲気がエスカレートして、爆弾カプセルが投げられた。そのひとつが、わたしの……まずい場所に当たったのさ」

グニールはテーブルの縁から自分の下半身を見た。

「なんてこと」ラクエルは驚いて立ちあがった。「じゃ、あなたは……」

「まったくそのとおりだ」グニールはうなずいた。

ラクエルは手にしたカップの中身を飲みほすと、

「なんてばかなの」グニールに大声でいった。「わたしにそのことをいえばよかったじゃない。なぜ、治療してもらわなかったの？」

「ある程度は治って、また仕事にとりかかることができた」グニールはいった。「きみが信じようと信じまいと……突然、これまでよりも働きがよくなったんだ。受けたダメージから回復したのだと、しばらくは思っていた。しかし、実際にはまったくダメージを受けていなかったとわかった」

ラクエルは立ちあがり、色のきれいなコイン一枚を投げるようにテーブルに置いた。

「もう行くわ。修道院に入るべきかどうか、わたしも考えるから」怒ったその視線がフリーヤのほうを向いた。「あなたは知っていたの？」

「もちろん」フリーヤはほほえんだ。「でも、あなたがけなげに努力するのを見るのが楽しみだったの」

ラクエルが出ていくときにつぶやいた言葉は、おおっぴらにいえるようなものではなかった。

*

グレク３３６は深海を抜けていった。とっくにフィリピン諸島南端をあとにして、ニューギニアのほうに進んでいる。追跡されてはいないようだ。なにが追ってきても、自分の速度のほうが速い。何度か急に方向転換をした。警報を出そうとしていた前衛の警備部隊はそれで混乱した。

次はなにをしたらいいかわからなかった。ヴィシュナから返事はまだない。返事など、もうこないかもしれない。最近のくわだてはすべて失敗だった。テラナーの策略にかかってしまった。

友だと思っていた者に裏切られた。決定的な瞬間に多目的ロボットが爆発し、ばらばらになったのだ。こちらに被害はなかったが、かなり混乱して、それに乗じて捕虜が逃げた。

ロボットはなぜあんなことをしたのだろう？　結局、ロボットのプログラミングの書きかえに成功しなかったことがわかってきた。〝スペック〟という名のロボットは、ずっと人間の忠実なしもべだったのだ。

なにをどうすればよかったのだろう？　ロボットを友にしたといって人間に嘘をついたのに、そのロボットは人間のために働いていた。これはグレク336にとって、堂々めぐりとなった。当然の報いだったのかもしれない。

あとがきにかえて

増田久美子

本巻に「ロボット工学の三原則」という言葉がでてくる。読者のみなさんはすでにご存じかもしれないが、あえてここでもう一度引用する。

第一条　ロボットは人間に危害を加えてはならない。また、その危険を看過することによって、人間に危害を及ぼしてはならない。

第二条　ロボットは人間にあたえられた命令に服従しなければならない。ただし、あたえられた命令が、第一条に反する場合は、この限りではない。

第三条　ロボットは、前掲第一条および第二条に反するおそれのないかぎり、自己をまもらなければならない。

『ロボット工学ハンドブック』第五十六版　西暦二〇五八年

これは一九五〇年に刊行されたアイザック・アシモフの短篇集『われはロボット』の冒頭に出てくる（『われはロボット〔決定版〕』より。小尾芙佐訳、ハヤカワ文庫SF）。このSF小説はロボット製作者とロボット心理学者、そしてこの三原則をインプットされたロボットを中心に起こるさまざまな問題を取りあげている。人間の心を読み、その裏をかくロボット、人間かロボットか見分けがつかなくなったロボット……。どのロボットも最終的には三原則に従って行動するのだ。この小説を機に人間とロボットの共存ということが考えられるようになったという。

アシモフの想定した二〇五八年よりほぼ四〇年の前倒しだが、いま世界のあちこちでロボット憲章が検討されている。完全自動運転車の走行、軍事用ロボットなど、ロボットが人間の生死と深く関わるようになったからだろう。EU議会がロボット憲章の制定に向けて議論を始めているという最近の記事にも、アシモフのロボット三原則が取りあげられていた。SF世界の原則が現実世界での指針になっているようでおもしろい。

ロボットをめぐる様々な倫理問題が現実のものとして議論されはじめ、ロボット倫理学という学問の領域が現れた。二〇〇四年頃にはこの領域の初の国際会議も開かれたという。自ら倫理観を育むことができないロボットにとって三原則は単なる義務にすぎない。ロボットの引きおこすさまざまな問題は、その製作者である人間の倫理問題になるのだろう。

〝倫理的な判断〟という言葉で完全自動運転車の倫理問題を扱ったインターネットサイトを思いだした。マサチューセッツ工科大学のメディアラボが開発した「モラル・マシン」というものだ。自動運転車のブレーキが故障し、どうしてもだれかをひき殺さざるを得ない場面がふたつ提示される。そのとき、自分が自動運転車ならどちらを選択するか、というものだ。十五ほどの場面それぞれでゲームのように二者択一で選択していく。そして最終的に自分がどのような生命を軽んじ、犠牲にするか、その傾向がわかるというものだ。年齢、性別、歩行者か、車に乗っている人なのか、社会的な価値なのか……。自分でもやってみたが、どうもあっさりひき殺されるカテゴリーに入りそうだった。嫌気がさして結果が出るまえにやめた。

ローダン世界でも最初ロボットはあくまでもポジトロニクスなどが制御する作業機械だった。人工頭脳はしだいに高度に発達し、自立していったが、それでもすべてにロボット三原則がプログラミングされている。テラナーが最初にヒューマノイド型ロボットに出会うのは一九七一年だ。その後、ヒューマノイド型ロボットはテラの技術の中でも確固たる構成要素となった。しかし、ロボットが自立すればするほど、問題は多くなっていく。

本巻に登場する未来から来たグレク336はハイブリッド・ロボットだ。合成の有機部分と非有機部分との集合体で、サイボーグなのだ。完全な機械でもないし、人間でもない。人工個体と認められるためには特有な脳の細胞核からの放射が認識される必要があるようだ。中途半端な存在で、半ロボットなので不条理なトラウマに苦しむ。一方スペックは三原則を組みこまれたロボットらしく人間を守るために粉々になってしまう。どちらが幸せだろう。思わず考えてしまう。

退屈で、汚く、危険な仕事でも人間に代わって、人間の命ずるままやってくれる存在から、次第に自ら進化する存在に変わっていくロボット。学習能力を身につけ、人間が理解できないところまで、勝手に進化するのではないかとも言われる。少し前までは笑い話だったような、ロボットに仕事を奪われるかもしれないという危惧は完全に現実味を帯び、いかにロボットと共存し、生き延びるかをメディアがしきりととりあげるようになった。

それでも、介護施設での感情を持つ人間しか起こさないような悲しい事件は、その場に三原則を組みこまれたロボットがいたら、あれほど悲惨な結末にならなかったのではないか。人手不足の介護施設でお年寄りの辛抱強い話し相手になるロボット。患者の体調を監視しながら歩行練習に付きそうロボット、手術を受ける子供に怖がらないように手術内容を説明するロボット……。すでに現場で働くロボットをテレビのニュース番組などで目にする機会も増えた。鉄腕アトムや鉄人28号のけなげさに思わず涙した頃には考えられない科学の進歩だ。

アシモフの『われはロボット』はロボットの話だが、読後は人間世界を見る目が変わった。文中に女性ロボット心理学者が次のように語る部分がある。「彼らはわたしたち人間よりずっと無垢で優秀な種属ですよ」これからのロボットとの共存社会、是非ともロボットと仲よくしたいものだ。

訳者略歴　国立音楽大学器楽学科卒，ドイツ文学翻訳家　訳書『ポルレイターとの決別』マール＆フォルツ，『アルマダ工兵の謀略』クナイフェル＆フォルツ（以上早川書房刊）他多数

HM=Hayakawa Mystery
SF=Science Fiction
JA=Japanese Author
NV=Novel
NF=Nonfiction
FT=Fantasy

宇宙英雄ローダン・シリーズ〈569〉

マークス対《たい》テラ

〈SF2182〉

二〇一八年五月　二十日　印刷
二〇一八年五月二十五日　発行

著者　クルト・マール
訳者　増《ます》田《だ》久《く》美《み》子《こ》
発行者　早川　浩
発行所　株式会社　早川書房
郵便番号　一〇一 - 〇〇四六
東京都千代田区神田多町二ノ二
電話　〇三 - 三二五二 - 三一一一（大代表）
振替　〇〇一六〇 - 三 - 四七七九九
http://www.hayakawa-online.co.jp

（定価はカバーに表示してあります）

乱丁・落丁本は小社制作部宛お送り下さい。送料小社負担にてお取りかえいたします。

印刷・信毎書籍印刷株式会社　製本・株式会社川島製本所
Printed and bound in Japan
ISBN978-4-15-012182-2 C0197

本書のコピー、スキャン、デジタル化等の無断複製は著作権法上の例外を除き禁じられています。